DAS BUCH

Nachdem er seine Sachen gepackt und das muffig-enge Elternhaus hinter sich gelassen hat, steht der junge Mann an der Straße und reckt den Daumen in den Wind. Ohne Geld und Plan schlägt sich der selbst ernannte Taugenichts über Wien und die Toskana nach Süden durch, trifft auf schräge Vögel, hoffnungslose Romantiker, zwielichtige Rocker, Hippies und die große Liebe, spielt als Troubadour im Batikshirt groß auf, entdeckt die magische Welt der Pilze, das unvergleichliche Licht Italiens und die unermessliche Freiheit der Straße. Unfreiwillig wird er dabei zum Protagonisten eines raffiniert eingefädelten Verwirrspiels, das die Grenze zwischen Tag und Traum auf märchenhafte Weise verschwimmen lässt. Und Eichendorff winkt aus der Ferne.

»Die Sonne lachte, die Luft duftete nach Rosmarin, Salbei und Thymian, der Fahrtwind rauschte mir wie Musik um die Ohren, und ich war frei und glücklich, ein Nichtsnutz zu sein.«

DER AUTOR

Klaus Modick, geboren 1951, studierte in Hamburg Germanistik, Geschichte und Pädagogik, promovierte mit einer Arbeit über Lion Feuchtwanger. Seit 1984 ist er freier Schriftsteller und Übersetzer und lebt nach diversen Auslandsaufenthalten und Dozenturen wieder in seiner Geburtsstadt Oldenburg. Für sein Werk wurde er mit zahlreichen Preisen ausgezeichnet, u. a. mit dem Nicolas-Born-Preis, dem Bettina-von-Arnim-Preis und dem Hannelore-Greve-Preis. Zudem war er Stipendiat der Villa Massimo sowie der Villa Aurora. Zu seinen erfolgreichsten Romanen zählen »Der kretische Gast« (2003), »Sunset« (2011), »Konzert ohne Dichter« (2015) und »Keyserlings Geheimnis« (2018).

KLAUS MODICK

FAHRTWIND

ROMAN

Kiepenheuer
& Witsch

Es war Illusion, liebe Freundin, alles Illusion, außer dass ich vorhin am Fenster stand und nichts tat, und dass ich jetzt hier sitze und etwas tue, was auch nur wenig mehr oder wohl gar noch etwas weniger als nichts tun ist.

Friedrich Schlegel
Lucinde

Gegenwärtig wäre nicht
das zeitlose Jetzt
sondern eines, das gesättigt ist
mit der Kraft des Gestern.

Theodor W. Adorno
Zum Gedächtnis Eichendorffs

Die Geschichte – genauer gesagt: die Idee zu der Geschichte –, die jetzt endlich erzählt werden soll, ist fast ein halbes Jahrhundert alt. Sie stammt aus einer Zeit, die in den Dateien meiner Erinnerung als märchenhaft oder jedenfalls romantisch gespeichert ist. Lebendig geworden ist sie, plötzlich und unerwartet, als ich wieder einmal Ordnung in meiner Bibliothek schaffen wollte. Zwar waren auch frühere Versuche gescheitert, das Chaos in den Regalen einzudämmen, aber immerhin hatte sich dabei eine gewisse Struktur herauskristallisiert.

Es gibt nämlich, erstens, jene Bücher, bei deren Lektüre mir das Herz aufging, die mich bewegten, mir galten und immer gelten werden, egal, ob ich sie noch einmal lese oder nur im Regal stehen lasse, wo sie eine freundliche Aura verströmen. Sie bilden den unveräußerlichen Bestand, das Herzstück meiner Bibliothek. Zweitens gibt es die Bücher, die ich mit Interesse, mit Vergnügen, manchmal auch nur mit Respekt gelesen habe, die ich aber nie wieder lesen werde. Ihr Verlust würde mir auffallen, aber nicht schmerzen. Dann sind da natürlich auch noch all die ungelesenen Bücher, versehen mit dem unsichtbaren Untertitel »Hoffentlich bald«, und jene hoffnungslosen Fälle, von denen ich weiß, dass sie stets ungelesen bleiben. Sie stehen im Regal wie aufgebahrt, trostlos und ungeliebt.

Und schließlich gibt es die verstellten, verschollenen, verrutschten Exemplare, die im Zwielicht zweiter Reihen davon träumen, wiederentdeckt zu werden. Zwischen fetten Staubmäusen stieß ich hinter der Hamburger Goethe-Ausgabe auf Joseph von Eichendorffs *Aus dem Leben eines Taugenichts* – ein zerfleddertes Reclam-Bändchen, aus dem ein paar vergilbte Zigarettenblättchen ragten, die wohl als Lesezeichen gedient hatten. Der Text war übersät mit Anstreichungen, und an den Rändern wimmelte es von gekritzelten Stichworten und kaum lesbaren Bemerkungen. Beim Blättern rieselten Tabakkrümel und Grasfitzelchen heraus, und die angebräunten Seiten verströmten einen leicht stockigen Muff, der in mir etwas längst Vergessenes weckte.

Denn plötzlich finde ich mich in einem von Zigarettenrauch durchwaberten Seminarraum wieder – Universität Hamburg, Philosophenturm, 4. Stock.

Der Raum ist mit etwa fünfzig Studenten hoffnungslos überfüllt. Die weißen Resopaltische und die Stapelstühle aus Stahl und Hartplastik reichen für dreißig Personen. Wer keinen Platz erwischt hat, hockt auf Fensterbänken, Heizkörpern oder dem PVC-Fußboden. Angesichts des brav klingenden Themas »Liebe und Ehe in Romanen der Romantik« könnte der Andrang überraschen, aber der noch recht jugendlich wirkende Professor ist beliebt, weil er sich darauf versteht, im scheinbar Harmlosen das Rebellische und die Abgründe in spießbürgerlicher Behaglichkeit aufzuspüren.

Draußen vor den Fenstern hängt nasskalt und grau die Nebelsuppe eines norddeutschen Winters, während in die funktionale Hässlichkeit des Philosophenturms Eichendorffs Taugenichts Einzug hält, um mit der Geige im Arm als Troubadour zu einer Tournee ins Blaue und Helle aufzubrechen. Ich bin begeistert von dem namenlosen, abenteuerlustigen, schlagfertigen Bruder Leichtfuß, der gegen stumpfsinnige Arbeit und Nützlichkeitsethos opponiert, sich selbst nicht allzu wichtig nimmt und respektlos-ironische Blicke auf das Leben, die Leute und die Liebe wirft. Das kommt daher wie ein von Musik durchzogener Traum, ein sanfter Trip, ziel- und zügellos, voller Fernweh und sinnlicher Sehnsucht, durch nächtliche, wie halluziniert wirkende Parks, durch Landschaften, wie von einem bekifften Caspar David Friedrich gemalt, dass einem, wie Thomas Mann so schön sagte, »die Ohren klingen und der Kopf summt vor poetischer Verzauberung und Verwirrung«.

Doch so leicht und hell und zauberhaft der Text auch sein mag, so bleibt er immer nur ein Text, schwarze Buchstaben auf weißem Papier. Und so anregend das Seminar auch sein mag, es ist und bleibt ein Seminar. Viel lieber würde ich aus dem überheizten, verqualmten und überfüllten Übungsraum fliehen und auf den Spuren des Taugenichts nach Süden ziehen. Mitnehmen würde ich nur meine Gitarre, und unterwegs würde ich Gedichte und Songs schreiben für die Studentin, die mir schräg gegenübersitzt und mindestens so hübsch ist, wie ich mir »die schöne Frau« des Taugenichts vorstelle. Leider himmelt sie, wie fast alle Studentinnen, den Professor an, der, zugegeben, clever und ironisch ist.

Wegen solcher Eigenschaften gilt der Mann bei den diversen Parteien, Gruppen, Grüppchen und Zellen, die im Dienst der Weltrevolution durch die Universität geistern, als scheißliberal, wenn nicht gar konterrevolutionär. Einmal, als vermummte Reiter den Taugenichts gerade zwingen, sich ihnen anzuschließen, platzt eine Handvoll revolutionär Gesinnter in den Raum und erklärt das Seminar für »gesprengt«. Ich weiß gar nicht mehr, zu welcher Partei, Gruppe oder Fraktion sie gehörten und ob sie den Lehren Lenins oder Trotzkis, Maos, Hodschas oder Kim Ilsungs anhingen, aber ich weiß noch genau, wie es mir damals gelang, der schönen Frau ein Lächeln zu entlocken, ein Lächeln, das mir gilt. Statt sich über romantische Realitätsflucht und Adelsverherrlichung im Frühkapitalismus zu echauffieren, verlangen diese Seminarsprengmeister eine Diskussion über Stamokap und Stamosoz. Außerdem lassen sie ein Flugblatt herumgehen, das Solidarität mit den Roten Brigaden Italiens fordert und gefälligst von allen Anwesenden zu unterschreiben sei. Es will aber niemand dergleichen diskutieren, geschweige denn unterschreiben, doch die Revolutionäre weichen nicht.

Und da melde ich mich schließlich zu Wort und sage, das Seminar befinde sich in einer intensiven Debatte über poetischen Anarchismus am Beispiel eines antikapitalistischen Arbeits- und Prosperitätsverweigerers im vorindustriellen Italien, von wegen Rote Brigaden, Arte Povera und *Bella Ciao,* und diese notwendige Diskussion erfordere den Respekt und die Solidarität aller revolutionären Kräfte und müsse nun endlich ungestört fortgesetzt werden.

Zur allgemeinen Verblüffung nimmt der Wortführer der Revolte diesen Blödsinn mit nachdenklichem Kopfnicken zur Kenntnis und räumt samt seiner Putztruppe das Feld. Und in genau diesem Augenblick trifft mich von schräg gegenüber jenes Lächeln, das man zu Eichendorffs Zeiten vermutlich hold, wenn nicht gar bezaubernd genannt hätte.

Aber was bin ich denn schon gegen den in seinem Charisma badenden Professor? Und während dieser Charmebolzen seine Geistesblitze durch den stickigen Raum schleudert und die Augen der schönen Frau zum Glänzen bringt, frage ich mich, wie sich die alte Geschichte erzählen ließe, würde man sie jetzt noch einmal schreiben. Was für ein Ton wäre anzuschlagen? Wie würde das klingen? Würde es der schönen Frau gefallen? Und also kritzele ich unzusammenhängendes Zeug auf die Seitenränder, auf das Vorsatzpapier, zwischen die Zeilen des südwärts ziehenden Taugenichts.

Damals, in dem überheizten und verräucherten Seminarraum, glaubte ich zu wissen, was ich sagen wollte. Aber mir fehlten die treffenden Worte oder, wie es bei Eichendorff heißt: »Ich hatte noch gar nicht daran gedacht, dass ich eigentlich den rechten Weg nicht wusste.«

Vielleicht finde ich ihn heute?

ERSTES KAPITEL

I'm goin' to some place
I've never been before
I'm goin' where the water tastes like wine

Alan Wilson (Canned Heat)
Going Up The Country

Ich hatte herrlich lange geschlafen und ausgiebig gefrühstückt und setzte mich dann mit der Gitarre auf die Treppe, die vom Wintergarten in den Garten führte. Entspannt drehte ich mir eine Morgenzigarette, mischte zwecks Horizonterweiterung ein paar Krümel Gras dazu, sah den Rauchwölkchen nach, die im Blau verschwebten, genoss die Frühlingssonne und freute mich über das Vogelgezwitscher und das quirlige Eichhörnchenpaar, das sich im Walnussbaum tummelte. Ich klimperte auf der Gitarre und suchte für den Text, der mir seit einigen Tagen im Kopf herumging, nach einer flockigen Melodie.

Ich sitz in der Sonne,
summe mir ein kleines Lied,
blinzle zu der Wolke,
die da weiß ins Blaue zieht.

Gestört wurde meine Inspiration durch Motorgeräusch und Dieseldunst, als mein Vater mit dem Wagen in die Einfahrt einbog. Ich sah auf die Uhr. Pünktlich wie immer. Von Montag bis Freitag kam der Alte um 12:00 Uhr aus dem Büro, aß um 12:30 Uhr zu Mittag, legte sich um 13:00 Uhr eine halbe Stunde auf die Couch und fuhr dann um 13:30 Uhr zurück in die Firma. *Heizungsbau, Installationen und Sanitärgroßhandel Johann Müller GmbH & Co. KG.* Nach dem Krieg hatte mein Vater als kleiner Klempnergeselle die Ärmel hochgekrempelt und in die Hände gespuckt, um im Wirtschaftswunderland mit Fleiß und Schweiß auf dem sprichwörtlich goldenen Boden des Handwerks sein Glück zu machen. Die Firma war ständig gewachsen und wuchs immer noch, und alles hätte wie geschmiert ewig so weitergehen können und sollen, wenn --- ja, wenn ich mich zu einer Ausbildung aufraffen würde, mit der ich in die Firma eintreten und *Johann Müller GmbH & Co. KG* zu *Johann Müller & Sohn GmbH & Co. KG* veredeln würde. Von der Klempnerlehre bis zum Volkswirtschaftsstudium hätten meine Eltern alles Einschlägige begeistert oder jedenfalls erleichtert akzeptiert und großzügig finanziert. Als »& Sohn« wollte ich allerdings ums Verrecken nicht enden und verspürte auch nicht die geringste Neigung, Flachflansche auf Rohre zu schrauben oder die Gewinnmargen von Toilettenschüsseln zu optimieren. Nach einem mit Ach, Krach und blauem Auge bestandenen Abitur hatte ich lieber zwei, drei Semester locker vor mich hin studiert, ein Schlückchen Philosophie, eine Prise Kunstgeschichte, ein Quäntchen Literaturwissenschaft, aber heimisch wurde ich nirgends im akademischen Elfenbeinturm, der auch gar nicht aus Elfenbein, sondern aus Waschbeton war.

Meine Eltern nahmen diese Neigungen zur Brotlosigkeit mit Befremden, wenn nicht gar mit Verbitterung zur Kenntnis. Undankbar sei ich und wisse nicht, wie gut ich es habe, und solange ich meine Füße unter ihren Tisch und so weiter und so fort und überhaupt, was bloß aus mir werden solle?

Das wusste ich nicht so genau, wollte es damals auch noch gar nicht wissen, fand jedoch, im Sonnenschein auf der Schwelle zu sitzen, Gitarre zu spielen und ein Liedchen zu summen, wäre kein schlechter Anfang.

Mein Vater sah das natürlich entschieden anders. »Was gammelst du hier so nichtsnutzig rum?«, fragte er recht rhetorisch, als er die Treppe hochschnaufte. »Wie lange sollen wir dich eigentlich noch durchfüttern? Wenn du schon nichts mit der Firma zu tun haben willst, dann sieh wenigstens zu, dass du mir nicht mehr auf der Tasche liegst. Und geh mal wieder zum Friseur. Mit diesem Wischmopp auf dem Kopf findest du nie einen Job.«

Das wollte ich ja auch gar nicht – es sei denn, als

Gitarrist. Aber für immer klimpernd auf der Treppe zu sitzen, war vermutlich auch keine Lösung. Und dass ich nach dem Abi zu Hause hocken geblieben war, statt schleunigst in eine andere Stadt zu ziehen, war durchaus ein Fehler gewesen. Da hatte mein Alter ausnahmsweise nicht ganz unrecht, auch wenn er es gar nicht so meinte. Geblieben war ich einzig wegen Doris, aber weil sie neulich zugunsten eines schnöseligen Zahnmedizinstudenten mit mir Schluss gemacht hatte, hielt mich nichts mehr hier.

Ich ging also auf mein Zimmer, packte meinen Rucksack und verstaute die Gitarre in ihrem Koffer. Dann schlurfte ich ins Esszimmer, wo meine Eltern bei Schweinekotelett mit Blumenkohl in Mehlschwitze saßen und mich verblüfft anglotzten.

»Wo willst du denn hin?«, fragte mein Vater.

»Weg«, sagte ich.

»Was soll das heißen --- weg?«

»Weg von hier.«

Meine Mutter guckte ganz entgeistert. »Aber willst du denn vorher nicht noch etwas essen?«

»Nein, danke«, sagte ich. »Und Blumenkohl mochte ich noch nie.«

Als ich dann an der Straße stand und den Daumen in den Wind reckte, war mir etwas unbehaglich bei dem Gedanken, dass ich mich nicht von meinen Freunden verabschiedet hatte. Aber so sang- und klanglos war es allemal abenteuerlicher, romantischer irgendwie. Sang und Klang würde ich schon selbst produzieren. Und was Doris betraf, hatte sich eine beziehungstechnische Abschiedsszene sowieso erübrigt.

Der Erste, der mich mitnahm, war ein Handelsvertreter für Herrenkosmetik. Im Heck seines sänftenartigen Opel Commodore stapelten sich Kartons, und der ganze Kombi müffelte nach etwas zu lieblichem Rasierwasser. Nachdem der Mann mehrfach mein linkes Knie mit dem Schaltknüppel verwechselt hatte, erzählte ich ihm, dass ich auf dem Weg zu meiner Verlobten sei.

»Ach, wie schade«, seufzte er entsagungsvoll, »so ein süßer Bengel ---«, hielt an der nächsten Tankstelle an, ließ mich aussteigen und wünschte gute Reise.

Als Nächstes nahm sich ein netter norwegischer Lkw-Fahrer meiner an. Er war in etwa in meinem Alter, hatte meine Gitarre gesehen und mochte die gleiche Musik wie ich. So sangen wir zusammen all die Songs, die wir beide kannten, und weil es inzwischen zu regnen begonnen hatte, schlugen die Scheibenwischer den Takt dazu. Gegen Abend erreichten wir H., wo der Norweger übernachten und am nächsten Morgen Fracht aufnehmen musste. Ich nahm mit der Kargheit einer Jugendherberge vorlieb.

Am nächsten Morgen postierte ich mich an einer Autobahnraststätte, klappte den Gitarrenkoffer auf, warf als Köder ein paar Münzen hinein und kritzelte auf ein Stück Pappkarton das Sehnsuchtswort: SÜDWÄRTS. Dann gab ich ein paar Songs zum Besten und versuchsweise auch schon mal einen, an dem ich abends noch in der Jugendherberge gebastelt hatte.

Jetzt pack ich meine sieben Sachen
Jetzt lass ich's endlich richtig krachen
Pack den Rucksack und düse los
Ohne dich und ohne Moos
Ohne dich wird's wunderschön
In Rio, Kairo und Athen
Ohne dich wird's wunderbar
In Timbuktu und Sansibar
Jetzt hau ich einfach ab
Dabbadi dabbadu dabb dabb

Ich tauge nicht zur Nützlichkeit
Scheiß auf die Strebertüchtigkeit
Schluss mit grauem Alltagsstuss
Ich will Strand und Kokosnuss
Wecker schmeiß ich gleich ins Klo
Schlips und Kragen ebenso
Ich will keinen Blumenkohl
Ich will Sex und Rock 'n' Roll
Jetzt hau ich einfach ab
Dabbadi dabbadu dabb dabb

Zugegeben, keine Sternstunde lyrischen Schaffens, aber auf den Reim von Blumenkohl auf Rock'n' Roll wäre wohl nicht jeder gekommen. Und bedenkt man, dass sich das Werk noch *in progress* befand, und weiterhin, welch peinlicher Balla-Balla-Bullshit manchmal zum Hit wurde, war der Text nichts, wofür ich mich hätte schämen müssen. Damals jedenfalls nicht. Und mein Gereime und Geschrammel zeigten ja auch erfreuliche Wirkung. Zwar nahmen mich die meisten Leute, die vom Parkplatz zur Raststätte oder von dort zu ihren Autos hasteten, kaum zur Kenntnis, warfen bestenfalls im Vorübergehen ein bisschen Kleingeld in den Gitarrenkoffer, als wäre ihre Hektik gebührenpflichtig. Je falscher die Richtung, desto sinnloser das Tempo, dachte ich, und dass das ja womöglich eine gute Songzeile sein könnte. Ein paar Kunstsinnige aber blieben immerhin eine Weile stehen und hörten zu.

Nachdem ich *So Long, Marianne* von Leonard Cohen gesungen hatte, gab es sogar zaghaften Applaus, und zwei Frauen warfen mir Blicke zu, die ich nicht so recht einordnen konnte. Kritisch? Wohlwollend? Neugierig? Begeistert gar? Die eine war etwa in meinem Alter und sah umwerfend gut aus. Die andere hätte ihre Mutter sein können, war im Gesicht noch einigermaßen knitterfrei oder jedenfalls knitterfrei geschminkt, in den Hüften allerdings stark aus dem Leim gegangen. Sie tuschelten miteinander. Die Junge kicherte und nickte.

»Sie haben ja Talent, junger Mann«, redete die Ältere der beiden mich an.

»Ich weiß«, sagte ich. »Es kommt aber erst richtig zur Geltung, wenn so schöne Frauen zuhören.«

»Ach, wie charmant.« Sie schien unter ihrem Sonnenbankteint sogar ein bisschen zu erröten und deutete auf das Pappschild. »Was meinen Sie denn eigentlich mit südwärts?«

Darüber hatte ich noch gar nicht nachgedacht. Das Wort gefiel mir irgendwie. Es war, als triebe mich eine alte Erinnerung an irgendetwas längst Vergessenes nach Süden. Aber das sagte ich natürlich nicht, weil es genauso altklug und pathetisch geklungen hätte, wie es hier jetzt zu lesen steht. Weil mir auf die Schnelle nichts Besseres einfiel, sagte ich einfach, dass ich nach Wien unterwegs sei.

Nun fing die kosmetisch Konservierte wieder an, mit der Naturschönheit zu tuscheln. Die schüttelte zwar einige Male kokett den Kopf, schielte dabei aber zu mir hin. Ihre Mutter oder Tante, oder was auch immer sie sein mochte, keckerte albern. »Wir nehmen Sie gern mit«, sagte sie schließlich zu mir. »Da fahren wir nämlich auch hin.«

Ich kratzte die kümmerliche Gage aus dem Gitarrenkoffer, raffte meinen restlichen Kram zusammen und folgte den zwei ungleichen Grazien zum Parkplatz. Unterwegs waren sie mit einem weißen Mercedes Roadster 107, Zweisitzer, dahinter zwei Notsitze, rotes Leder. Für manche Leute, den neuen Freund von Doris zum Beispiel, wäre so ein Snobschlitten der Wirklichkeit gewordene geile Traum aus Chrom, Lack und Leder gewesen. Mein Stil war das nicht. Ich stand damals eher auf Kastenente mit Rolldach und Revolverschaltung. Der Roadster war nun allerdings der sprichwörtliche geschenkte Gaul in Form eines edlen Rennpferds, und die Schöne überstrahlte sowieso alles. Also zwängte ich mich quer auf die beiden Notsitze und stopfte irgendwie auch noch Rucksack und Gitarre dazu.

Die beiden Frauen banden sich Kopftücher um. Die Breite quetschte sich hinters Steuer, die schöne Schlanke räkelte sich auf dem Beifahrersitz, und schon fädelten wir auf die Autobahn ein. Vor uns lag ein breites Tal, durch das die Fahrbahn wie ein silbergraues, glänzendes Band schnitt. Die Sonne stand strahlend und hoch im Himmelsblau, in dem weiße Schäfchenwolken trieben, die Kopftücher flatterten wie Fahnen im Wind. Vor Glück laut zu schreien, schämte ich mich, tanzte und jubelte aber innerlich umso hemmungsloser. Die reine Lust der Straße! Unter uns rollten die Mittelstreifen ab und umarmten den linken Vorderreifen, als würden Asphalt und Gummi sich lieben. Die Frauen wechselten manchmal ein paar Worte untereinander, und die Schöne drehte sich auch einmal zu mir um und fragte, ob bei mir alles okay sei. Doch ansonsten gab es nichts zu sagen oder zu verstehen, weil die Wörter vom Motorengeräusch und dem Rauschen der Reifen verschluckt und von Musik aus dem Radio übertönt wurden. Was da aus dem Lautsprecher strömte, wusste ich nicht, weil ich von klassischer Musik kaum eine Ahnung hatte. Erst dachte ich noch, dass zu so einem Trip Songs der Doors oder Stones oder Traffic besser gepasst hätten, aber nach einer Weile gefiel mir immer besser, was mir da fetzenweise um die Ohren rauschte, bevor es im Wind verwehte.

Bald türmten sich am Horizont die Alpen auf, über deren Gipfeln schwere dunkelgraue Gewitterwolken hingen. Selbst der Fahrtwind wurde von einer fast klebrigen Schwüle durchwabert, die mich schläfrig werden ließ und für ein paar Momente so melancholisch stimmte, als müsste ich wieder umkehren. Was tat ich hier eigentlich? Ich legte meinen Kopf auf den Rucksack, sah über mir einen Vogelschwarm dahinziehen und darüber einen silbern glitzernden Jet, der einen Kondensstreifen ins Blaue schrieb. Und weil ich in der vorigen Nacht im unbequemen Jugendherbergsbett kaum ein Auge zugemacht hatte, schloss ich nun beide und schlief ein.

Als ich erwachte, stand der Wagen still im Halbschatten einer Lindenallee, die Sitze vor mir leer, die Frauen verschwunden. Am Ende der Allee führte eine breite Freitreppe in ein Schloss. Leicht benommen fragte ich mich, in was für einen Kiffertraum ich mich wohl verirrt haben mochte, aber über dem Schlossportal prangten die Worte SCHLOSSHOTEL LINDENHOF, und das klang immerhin recht real. Das polierte Messingschild mit der Inschrift glänzte wie pures Gold in der fetten Sonne des Spätnachmittags. Seitwärts durch die Bäume schimmerte die Skyline einer Stadt, drei, vier Hochhäuser, Kirchtürme und ein schwebender Halbkreis – das obere Drittel eines Riesenrads.

Ich musste also tatsächlich in oder jedenfalls in der Nähe von Wien angekommen sein und wunderte mich, dass ich es offenbar ohne Passkontrolle über die Grenze nach Österreich geschafft hatte. Üblicherweise wurden langhaarige Typen wie ich auf der Suche nach bewusstseinserweiternden Substanzen, die das Gesetz ahnungslos als Betäubungsmittel bezeichnete, penibel gefilzt und von Spürhunden beschnüffelt, und im Gitarrenkoffer vermutete damals jeder wackere Zöllner ein Maschinengewehr der RAF. Womöglich verfügten österreichische Grenzpolizisten jedoch über so viel angeborenen Charme, dass sie die zwei Hübschen im feschen Cabrio lässig durchgewinkt, mich jedoch für ein Gepäckstück gehalten hatten.

Ich stieg aus, schulterte den Rucksack, griff zum Gitarrenkoffer und stieg die Treppe hinauf. Vor der von Säulen gerahmten Drehtür stand ein Page in einer albernen Fantasieuniform stramm, der etwa in meinem Alter war. Seine blasierte Visage formte wortlos die Frage »Was willst du denn hier?«, und ich grinste ihm ebenso wortlos die Antwort ins Gesicht: »Nichts tun.« Passieren lassen musste er mich natürlich trotzdem. Aus einem geöffneten Fenster irgendwo oberhalb des Portals drang gedämpftes Lachen. Es klang erfreulich weiblich.

Drinnen spiegelte sich die üppige Stuckverzierung der Decke im glänzenden Marmor des Fußbodens. Eine Säulenreihe teilte den Raum in einen Empfangsbereich, in dem hinter einem Tresen ein Empfangschef thronte, der ebenfalls eine Uniform trug, die aussah, als wäre sie für einen Hollywoodfilm über ein fiktives Duodezfürstentum entworfen worden. Jenseits der Arkade befanden sich eine Bar und die Lobby. Auf tiefen Sesseln und Canapés verlor sich dort etwa ein Dutzend Gäste. Zwei Kellner, gleichfalls absurd betresst und bandeliert, wieselten mit beladenen Silbertabletts zwischen den Tischen und der Bar hin und her. Im Hintergrund klimperte ein Pianist im schwarzen Jackett auf einem weißen Flügel müde vor sich hin. Man soll ja die Menschen nicht nach ihrem Äußeren beurteilen, you can't judge a book by the cover, auf die inneren Werte kommt es an und sprichwörtlich immer so weiter und so fort, aber erste flüchtige Blicke auf korrekte Scheitel und hochtoupierte Kreationen, Cocktailkleider, Bügelfalten und glitzernde Klunker vor faltigen Dekolletés ließen erahnen, dass die Hotelgäste der Generation meiner Eltern, wenn nicht gar meiner Großeltern angehörten, und zwar dem besser bis bestens verdienendem Teil dieser Generation. Mir war, als wäre ich in eine Seniorenresidenz für Millionäre geraten.

Über eine Halbbrille, die auf einer langen, irgendwie fürstlich wirkenden Nase klemmte, blickte mir der Chefrezeptionist staunend, ja geradezu fassungslos entgegen.

»Därä«, nuschelte er mürrisch vor sich hin, was, wie ich später erfuhr, als mir sein skurriles Idiom etwas vertrauter geworden war, »habe die Ehre« bedeuten sollte. Dann machte er eine Pause, als müsse er nach Luft schnappen oder als fehlten ihm angesichts meiner Erscheinung die Worte, bis er schließlich etwas Dreisilbiges ausstieß, das bei mir als »Sie wünschen?« ankam.

Wäre all das zu Zeiten passiert, in denen das Wünschen noch geholfen hatte, hätte ich vielleicht gesagt, dass ich die umwerfend schöne Frau, die mich mit ihrer Traumkutsche in dies Märchenschloss entführt hatte, zu sehen wünschte, zu sprechen, zu umarmen, zu küssen und noch viel mehr, und zwar augenblicklich und ohne jede weitere Erklärung. Leider waren diese Zeiten aber längst vorbei.

Ich überlegte, ob die Frage nach meinen Wünschen ehrlich gemeint war und ob ich sie einfach und entsprechend ehrlich mit dem Wörtchen »Nichts« beantworten sollte, als eine Frau in einem eleganten grauen Kostüm an den Empfangstresen trat. »Schon gut, schon gut«, sagte sie in einem Ton, als müsste sie einen misstrauisch knurrenden Wachhund beschwichtigen.

Dann wandte sie sich an mich und erklärte, dass sie die Managerin des Hauses sei und den Auftrag habe, mich zur Direktorin des Schlosshotels zu führen. Diese heiße mit vollem Namen Josephina Carlotta Gräfin von Lindenhof, und obwohl sie sich längst damit abgefunden habe, dass ihr ererbter Familienbesitz vor einem halben Jahrhundert von ihrem Vater in ein Hotel umgewandelt worden sei, lege sie doch immer noch Wert darauf, mit Frau Gräfin angesprochen zu werden. Daran möge auch ich mich, bitte schön, halten.

Am Ende eines Flurs, dessen Wände mit Porträts der gewesenen Gräfinnen und Grafen gepflastert waren, klopfte die Managerin an eine unscheinbare Tür, öffnete und ließ mich in einen Raum eintreten, der offenbar als Büro diente. »Ich bringe Ihnen diesen - - -, diesen, nun ja, Herrn«, sagte sie zu der Frau, die hinter einem gewaltigen Schreibtisch saß, sich nun erhob und mir entgegenkam.

»Wir kennen uns ja bereits flüchtig«, sagte sie lächelnd. Und so war es in der Tat, denn diese Frau Gräfin von Lindenhof war keine Geringere als die korpulente Mutter, Tante, Gouvernante oder was auch immer der umwerfend Schönen, die mich an der Raststätte aufgesammelt und hierherkutschiert hatte.

Ich nickte und wusste nicht, was ich sagen sollte.

»Sie scheinen mir ein charmanter und auch durchaus patenter Junge zu sein«, sagte sie.

Ich nickte noch einmal, wusste aber immer noch nicht, was ich dazu sagen sollte, und sagte deshalb: »Na ja ---«

»Ich möchte Ihnen eine Position anbieten«, sagte die Gräfin, »einen Job, wie man heute wohl sagt.«

»Ach was?«, sagte ich lustlos. Zum Arbeiten hatte ich mich ja nun ausdrücklich nicht südwärts mitnehmen lassen, sondern einzig wegen der so unglaublich gut aussehenden Tochter, Nichte oder was auch immer sie sein mochte.

Die Stellenbeschreibung, um hier mal einen Begriff aus der mir eher fernliegenden Arbeitswelt zu benutzen, klang dann allerdings gar nicht so abschreckend, wie ich bei Wörtern à la Position und Job befürchtet hatte. Das Hotel veranstaltete sogenannte Verwöhn-Wochenenden, kurz: VWs, bei denen dem ebenso betagten wie betuchten Publikum ein, so die Gräfin wortwörtlich, Wohlfühl- und Unterhaltungspotpourri der Extraklasse geboten werde, ein, wenn man so wolle, exklusiver Kessel Buntes für den etwas teureren Geschmack – Massagen und Maniküren, Tanztees und Romantikmenüs sowie Musikabende mit Streichquartett und Operettenarien. Um auch für ein jüngeres Publikum attraktiv zu werden, sei man nun auf die Idee verfallen, jemanden wie mich bei diesen VWs auftreten zu lassen. Ob ich mir so ein Engagement vorstellen könne?

Ich stellte mir vor, wie ich den im Schlosshotel logierenden Halbmumien meine Songs vorspielen müsste, und schüttelte entschieden und wortlos den Kopf.

»Das Honorar«, sagte die Gräfin lächelnd, »wäre natürlich angemessen«, und nannte eine Summe, gegen die das Kleingeld im Gitarrenkoffer weniger als ein billiger Witz war.

»Mhm«, sagte ich, »das müsste ich mir vielleicht mal in Ruhe durch den Kopf gehen ---«

»Selbstverständlich. Tun Sie das«, sagte die Gräfin. »Die Idee ist übrigens nicht von mir, sondern von der jungen Dame, mit der ich unterwegs war. Sie war ganz hingerissen von Ihnen, ich meine, von Ihrem Auftritt an der Raststätte.«

Hingerissen? Von mir? Die unbegreiflich Schöne? »Sie? Ich meine, ich ---, ja, ich glaube«, stammelte ich, »dass ich mir das recht gut vorstellen kann. Sehr gut sogar.«

»Na also«, sagte die Gräfin mit einem irgendwie süffisanten Lächeln, »dann wären wir uns ja einig. Sie gefallen mir übrigens auch. Sie gefallen mir sogar sehr ---«

Bevor ich darüber nachdenken konnte, ob ich die beiden letzten Sätze wohl so zweideutig zu verstehen hätte, wie sie mir vorkamen und wie die Gräfin mir dabei zublinzelte, fügte sie allerdings sachlich und nahezu schroff hinzu: »Die Details regelt Frau Caspari mit Ihnen.«

Frau Caspari war die Managerin, und was sie mit mir zu regeln hatte, war peinlich und lachhaft. Stattlich war jedoch das Honorar, und zu wissen, dass die Wunderschöne von mir hingerissen war, riss ohnehin alle Skrupel weg. Mein erster Auftritt sollte bereits am nächsten Nachmittag über die Bühne gehen.

Zusätzlich zum Honorar bot man mir freie Kost und Logis im Gärtnerhaus. Es lag wie vergessen, wenn nicht gar verwunschen abseits vom Hauptgebäude im weitläufigen Schlosspark hinter blühenden Rosen und Azaleen. Dass ich Residenz in seinem Reich bekam, schien dem alten Gärtner gegen den Strich zu gehen. Unter seinem grauen Schnauzer grantelte er etwas von Gammler, Revoluzzer und Hascher, als er mir ein Zimmer im Giebel zuwies. Mit der Zeit, nuschelte und moserte er vor sich hin, mit der Zeit könne aber sogar einer wie ich es zu etwas Anständigem bringen, wenn ich fleißig und nüchtern sei, nicht weiter durch die Welt streunen, kein unnützes Zeug und keine brotlosen Künste treiben würde, und dabei fixierte er den Gitarrenkoffer so misstrauisch, als verberge sich darin mindestens eine Panzerfaust.

Eigentlich war der Mann gutmütig, erinnerte mich aber an meinen Vater, weil seine Lieblingsvokabeln

Leistung, Nutzen und Pflicht waren – und ich wollte damals nichts weiter, als von der Qual erlöst zu werden, nützlich zu sein. Der Gärtner hatte noch mehr solcher schrecklich gut gemeinter Ratschläge auf Lager, aber die meisten habe ich längst vergessen. Überhaupt weiß ich eigentlich gar nicht mehr genau, wie das alles so gekommen war, weiß aber noch, dass schon der sanfte Fluss des Abends durch die Lindenallee strömte, als ich mich auf die Bank vorm Gärtnerhaus setzte und ein bisschen auf der Gitarre herumklimperte.

Plötzlich kam ein Mädchen, das eine weiße Bluse, einen schwarzen Rock und eine weiße Schürze anhatte und also wohl ein Servier- oder Zimmermädchen sein musste, durch das Rosenspalier, lächelte mir recht charmant zu und stellte eine Flasche Veltliner auf den Gartentisch. Die sei für mich, und ausrichten solle sie »a gonz liabs Grüaßle«, von wem, das könne ich mir ja wohl denken, wobei sich ihr Lächeln von charmant in kokett verwandelte.

Natürlich konnte ich mir das denken, weil ich ja die ganze Zeit an die unglaublich Schöne dachte und überhaupt nur ihretwegen hier war. Erst da fiel mir ein, dass ich ihren Namen noch gar nicht kannte, aber bevor ich das Mädchen danach fragen konnte, sagte es, ich hätte ja eben so schön Gitarre gespielt. Ob das ein Stück von mir sei? Dabei lächelte sie geradezu verführerisch, was ihr sehr gut stand.

»Ja, ähm, natürlich, das ist von mir«, log ich entsprechend verführt. »Und wollen wir uns nicht duzen?«

Sie nickte, wobei ihr Lächeln sich von verführerisch zu lasziv steigerte. Aber leider, leider müsse sie nun wieder zurück ins Restaurant, wo gleich das Dinner serviert werde. »Pfiat di und baba«, sagte sie, was immer das heißen mochte, und verschwand mit sehr ansehnlichen Hüftschwüngen hinter dem Rosenspalier.

An der gekühlten Weinflasche liefen ein paar Tropfen Kondenswasser herab und hinterließen eine Spur des Zufalls, die mir wie eine Wegskizze vorkam. Tastend nach eigenen Tönen und Texten, griff ich wieder zur Gitarre. In jener ersten Nacht im Gärtnerhaus schlief ich traumlos und tief. Aber mit welchem Song ich damals so geprahlt hatte, als wär's ein Stück von mir, habe ich längst vergessen oder, wer weiß, womöglich verdrängt.

ZWEITES KAPITEL

Mein irres Singen hier
Ist wie ein Rufen nur aus Träumen.

Joseph von Eichendorff
Nachts

Ich war das Gegenteil eines Frühaufstehers und hasste die Streberweisheit vom Gold im Mund der Morgenstund'. Gold im Mund hatten bestenfalls die Gäste im Schlosshotel Lindenhof, sobald sie sich ihre Zahnprothesen einsetzten. Und auch das Versprechen vom frühen Vogel, der den Wurm fängt, ging mir am Arsch vorbei. Was sollte ich denn mit Würmern anfangen? Nie, nicht einmal im Alter, wollte ich zu jenen Rentnern gehören, die in meiner Heimatstadt an der alten Schleuse hockten, Würmer auf die Angelhaken spießten und wortlos auf den Fang ihres Lebens warteten. Offenbar war der Schlosspark nun aber das Reservat größerer Vogelscharen und -schwärme, die auf der Suche nach Würmern im Morgengrauen einen Höllenlärm veranstalteten und mich aus dem Schlaf rissen. Ein altertümlicher Blechwecker tickte auf dem wackeligen Nachttischchen missmutig vor sich hin und zeigte eine Uhrzeit an, zu der aufzustehen einem Sturz in die Abgründe des Spießertums gleichgekommen wäre.

Das arbeitswillige Vogelgeschrei verhinderte zwar, dass ich noch einmal einschlief, lockte mich jedoch in die wogigen Regionen des Halbschlafs. Diesen Zustand eines milden, fast somnambulen Rausches liebte ich sehr, weil sich in ihm Wünsche und Träume, die im Tiefschlaf ihrem Eigensinn folgen, nach meinem Willen lenken ließen. Als Astronaut und Millionär, König und Fußballstar, Ritter und Rennfahrer, war ich in meiner Kindheit durch diese Schwellenlandschaft zwischen Tag und Traum gezogen. Und später, als meine Wünsche feuchter geworden waren, verschafften mir diese träumerischen Zonen allerlei Erleichterung. Auch an jenem frühen Morgen ließ ich vor meinem inneren Auge die traumhaft Schöne Revue passieren, be- und entkleidet nach meinem Geschmack tanzend, mir zärtlich und schließlich gierig zugeneigt, wobei ihre Seufzer ein wenig nach der Stimme des Zimmermädchens klangen, das mir die Flasche in die Hand gedrückt hatte, und das Gekreisch von Vögeln wandelte sich zu einem drängenden, dringenden Rhythmus, der schließlich zu sanften Melodien erschlaffte. All das war allein schon deshalb höchst befriedigend, weil es zu einer Tageszeit geschah, zu der sich die sogenannten normalen

Menschen bereits nützlich machten, während mir dieser Ehrgeiz ganz und gar abging.

Kaffeeduft umschmeichelte mich so unwiderstehlich, dass ich aufstand und das Mansardenzimmer verließ. Unten in der Wohnküche stand ein Frühstück auf dem Tisch. Der Gärtner war aber nicht da. Vielleicht gab es in dem Märchen, in das ich geraten war, dienstbare Geister, Kobolde oder Dschinns, die sich auf diese Weise angenehm nützlich machten?

Nach dem Frühstück nahm ich die Gitarre und mein Notizbuch und setzte mich wieder auf die Bank vor dem Haus. Rosenbüsche, Lupinen, Fingerhüte und Mohnblumen flimmerten und schimmerten in der Morgensonne, als stammten sie aus einer anderen Welt, und irgendwo rauschte ein Brunnen im Rhythmus des Songs, den ich am Tag meines Aufbruchs gebastelt hatte und jetzt vor mich hin summte. Die erste Strophe passte hier schon mal klar besser hin als auf die Schwelle meines Elternhauses.

Ich sitz in der Sonne,
summe mir ein kleines Lied,
blinzle zu der Wolke,
die da weiß ins Blaue zieht.

Doch kaum hatte ich mit den Worten »Ich denk nicht an gestern« die erste Zeile einer zweiten Strophe notiert, als der ferne Klang eines Cellos sinnlich, rund

und weich durch die Büsche schwebte, als wollte es meine kleine Melodie begleiten, wenn nicht gar umarmen.

Ich stand auf und folgte der Klangspur durch den stillen Morgen zur Rückseite des Schlosshotels, wo sich eine Remise befand, in der ein paar Autos standen. Das Dach war mit Gauben ausgebaut, und aus einem geöffneten Fenster floss der dunkelsüße Strom. Direkt unter dem Fenster blühte ein üppiger Hortensienstrauch. Als ich dahinter in Deckung ging und nach oben schielte, brach die Musik abrupt ab, als wäre sie bei etwas Verbotenem ertappt worden und nicht für meine Ohren bestimmt. Und dann, nicht zu fassen, trat, heiß und verschlafen in einem weit geschnittenen weißen T-Shirt, die Allerschönste ans offene Fenster, gähnte, strich sich die dunkelblonden, zerzausten Haare aus dem Gesicht, reckte die Arme aufwärts, sodass sich das T-Shirt über ihren Brüsten prächtig straffte. Dabei blickte sie über den Hortensienbusch hinweg in den Garten, als suchte sie etwas – oder einen. Mich womöglich? Wen sonst? Dann verschwand sie vom Fenster, und die Musik begann erneut wie Klang gewordene Sehnsucht. Natürlich war ich überzeugt, dass sie, nur sie, so erregend das Cello spielte. Wer sonst?

Obwohl ich nicht zu Allergien neigte, wehten mir in diesem Moment irgendwelche Pollen oder Blütenstaub in die Nase, sodass ich niesen musste, und zwar mehrfach und krampfhaft. Da lehnte sie sich zum Fenster hinaus, sah mich hinterm Busch kauern und lauern wie einen Spanner und knallte empört die Fensterflügel zu. Das, dachte ich, war's dann wohl. Diese Schönheit kannst du dir abschminken. Und obwohl ich mich damals abgrundtief schämte, streift mich noch heute eine Art Wehmut, wenn ich nach all den Jahren ein Cello höre – diesen Klang von etwas Verflossenem, das sich nie zurückgewinnen lässt.

Damals hätte ich mich am liebsten in Luft aufgelöst oder zumindest selbst geohrfeigt und schlurfte, umwölkt von einer Tiefdruckrinne des Trübsinns, zum Gärtnerhaus zurück. Vermutlich hatte die Allerallerschönste gar nicht das Cello gespielt, sondern ihr Liebhaber. Während sie am Fenster gestanden hatte, hockte er auf dem Bett, in dem er mit ihr soeben eine heiße Liebesnacht verbracht hatte, und strich mit dem Bogen über die Saiten, wie er zuvor mit seinen Händen über ihren herrlichen, makellosen Körper gestrichen hatte, wobei sie sich ihm entgegengereckt - - - und endlich dämmerte mir, dass ich mich da in eine schwülstige Eifersuchtsfantasie hineinsteigerte, die noch peinlicher war als das wirkliche Leben, in dem ich als kümmerlicher Romeo unter ihrem Fenster geniest hatte. Was hielt mich hier eigentlich noch? Ich konnte doch jederzeit meinen Kram packen und weiterziehen in Richtung irgendwo. Offenbar war diese Frau, deren Schönheit deutlich matter strahlte, wenn ich mir einen Cellisten dazudachte, von mir gar nicht so hingerissen, wie die Gräfin behauptet hatte. Aber warum hatte sie mir dann gestern Abend den Wein bringen und a gonz liabs Grüaßle ausrichten lassen? Vielleicht hatte sie das Cello doch selber gespielt? Und vielleicht hatte sie mich hinter der Hortensie auch gar nicht entdeckt? Oder für einen anderen gehalten? Zum Beispiel für einen der spießigen Hotelgäste, der als notgeiler Voyeur in aller Frühe im Park umging? Das war ja möglich. Sogar wahrscheinlich. Höchstwahrscheinlich! So und nicht anders musste es gewesen sein.

Der Gedanke besänftigte mich. Er inspirierte mich sogar. Zurück auf der Bank griff ich wieder zu Gitarre und Notizbuch. Die zweite und dritte Strophe ergaben sich ganz ohne weiteres Nachdenken. Jahre später erst dämmerte mir, dass man dem Text diese Bedenkenlosigkeit auch anmerkt. Zwischen Vogelgezwitscher und Hummelgebrumm empfand ich ihn aber als Geniestreich. Was soll's? Ich war da ja auch noch sehr jung. Und sehr verliebt.

Wie ich da nun auf der Bank saß und mir etwas zusammenreimte, das eine Mischung aus Beatlespop, Kinderlied und Folksong sein sollte, walzte durchs Rosenspalier, durch das gestern Abend das enorm hübsche Zimmermädchen getänzelt war, niemand anderes als die Gräfin persönlich und in voller Leibesfülle, die von einem weit wallenden Kleid kaschiert wurde. Die Sonnenbankbräune war wohl nur aufgeschminkt gewesen und aus ihrem Gesicht gewichen, die Wangen glänzten rosa, und so sah sie aus wie eine angewelkte Tulpe aus holländischer Massenproduktion.

Schwer atmend sank sie auf einen Rattansessel, der unter der Last ächzte, aber standhielt, und wünschte mir einen guten Morgen. Ob ich gut geschlafen und das Frühstück vorgefunden hätte und wie überhaupt das Befinden und so weiter und bla, bla. Dann stellte sie eine Papiertüte mit der Aufschrift *Modeatelier Kniže & Comp.* auf den Tisch.

»Das«, sagte sie, »ist Ihre Garderobe beziehungsweise Ihr Kostüm für nachher, fürs VW.«

Kostüm? Garderobe? Ich fühlte mich wohl in meinen verwaschenen Bluejeans und dem schwarzen T-Shirt. Aber bevor ich fragen konnte, was der Quatsch sollte, zog sie bereits einen quietschbunten Fummel aus der Tasche.

»Probieren Sie es gleich mal an«, sagte sie lächelnd.

Es handelte sich um ein Batikshirt mit schrillen psychedelischen Farben und Ornamenten. Auf der Vorderseite war in blasigen Buchstaben LOVE aufgedruckt, auf der Rückseite PEACE und darunter ein eingekreister Stern. So grauenhaft stellte man sich in Wiener Adelskreisen also Garderobe vor, die irgendwie und irgendwas mit Hippies, Flower Power, Sex and Drugs and Rock'n'Roll zu tun haben sollte.

»Und?« Die Gräfin lächelte mir halb fragend, halb aufmunternd zu. »Gefällt's Ihnen?«

Ich schluckte. Love and Peace war ja völlig okay. Eine schlichte, wenn auch, zugegeben, reichlich naive Botschaft, aber im Grunde genau das, was der Welt fehlte und was sie dringend brauchte – und was ihr immer noch fehlt und was sie immer noch braucht. Besser als Ho-ho-ho-Chi-Minh oder Völker, hört die Signale war der Slogan allemal. Aber doch nicht so! Nicht als Hippiekitsch auf einem T-Shirt. »Soll ich diesen Scheißdreck etwa anziehen?«, wollte ich sagen, würgte aber nur, wollte »Zum Kotzen« sagen, hustete aber nur, was die blaublütige Tulpe dazu bewog, mir wohlwollend-mütterlich auf den Rücken zu klopfen, zur Karaffe zu greifen und mir ein Glas Wasser einzugießen. Aber irgendetwas musste ich wohl sagen, am besten etwas halbwegs Diplomatisches.

»Warum ist da denn ein Mercedes-Stern draufgedruckt?«, murmelte ich schließlich. »Ich dachte, die Veranstaltung nennt sich VW?«

»Mercedes-Stern? Wie meinen Sie das?«, fragte die Gräfin verständnis- und humorlos. »Ist das denn nicht das Friedenszeichen, mit dem ihr Hippies heutzutage demonstrieren geht und diese Love-ins macht?«

Ihr Hippies? Die Frau hatte offenbar nicht mehr alle Tassen im Schrank. »Nicht ganz«, sagte ich, »da fehlt in der Mitte ein Strich nach unten«, und dachte: Saublöde Pute.

»Ach, tatsächlich?« Die Gräfin deutete ein Achselzucken an. »Das macht doch nichts. Das merkt hier keiner. Und jetzt probieren Sie das mal an, bitte schön!« Das klang so resolut, als lebte sie noch in jenen Zeiten, als Adelige wie sie das Sagen hatten, einer wie ich ihr Untertan und jede weitere Widerrede zwecklos war.

Rückblickend kann ich kaum noch begreifen, warum ich in dieser absurden, entwürdigenden Posse mitspielte. Klar, ich war jung und brauchte das Geld. Und klar auch, dass ich mich in eine verguckt hatte, die mindestens die schönste Frau der Welt sein musste. Trotzdem schäme ich mich noch heute dafür, und als ich mein schlichtes schwarzes T-Shirt auszog und halbnackt vor der Gräfin stand, musterte sie mich mit einem schamlosen, ja geradezu lüsternen Blick, den ich dieser blaublütigen Matrone nie zugetraut hätte, der jedoch wortlos erklärte, warum mir dies demütigende Kostüm nicht vom Zimmermädchen oder der Managerin überbracht wurde.

»Die Hose können Sie anlassen.«

Während ich mir hastig das albernste Kleidungsstück, das die Welt je gesehen hatte, überstreifte, überkam mich auch der ungute Verdacht, dass sie das Wörtchen »einstweilen« unterdrückt hatte.

Sie musterte mich zufrieden, nickte. »Tadellos.« Das dämliche Wort sagte sie so gönnerhaft, als ob ich ihr – im wahrsten Sinne des Wortes – Leibeigener sei.

Dann stand sie zur ächzenden Erleichterung des Rattansessels auf. »Den genauen Ablauf hat Ihnen ja Frau Caspari bereits erläutert.«

Ich nickte, von allen guten Widerspruchsgeistern verlassen.

»Ich hätte aber noch einen Wunsch«, sagte sie, und ich fürchtete schon, dass ich mir Blumen ins Haar stecken sollte. So harmlos war es allerdings nicht. »Einen Musikwunsch.«

»Und der wäre?« Ich machte mich auf das Schlimmste gefasst.

»Dies wunderschöne Lied über San Francisco mit Blumen im Haar und so weiter. Na, Sie wissen schon - - -«

Das war sogar noch schlimmer als befürchtet, aber mir gelang es, aufsteigende Übelkeit mit dem Gedanken ans vereinbarte Honorar zu unterdrücken. Profis müssen hart gegen sich selbst sein.

Doch die Gräfin stieß mir den Dolch des schlechten Geschmacks noch tiefer ins Herz, indem sie mir einen Zettel in die Hand drückte. Es war der Text von *San Francisco* – aber auf Deutsch. Auf Deutsch!

Komm mit mir nach San Francisco
Ins Land der Träume einen Sommer lang
Nur wir zwei in San Francisco
Hand in Hand - - -

Nicht zu fassen. Fast wäre mir der Zettel aus der Hand gefallen. Wovon träumte diese Schreckschraube eigentlich? Summer of Love? Der war einmal. Woodstock? Vorbei, verweht, nie wieder. The dream is over, sang John Lennon. Altamont der Realität gewordene Albtraum. Hendrix, Joplin, Morrison auf der Strecke geblieben. Und nun kam diese Schrulle hoffnungslos verspätet ausgerechnet mit *San Francisco* um die Ecke? Das amerikanische Original war schon bei Erscheinen eine verlogene Schnulze gewesen – auf Deutsch war der Song aber das Musik gewordene Batikshirt.

»Wir sehen uns nachher«, flötete die Schweinchenrote im Abgehen. »Seien Sie bitte pünktlich am Steg.«

Obwohl das Wort »pünktlich« auf mich immer so verstörend wirkte wie das Wort »nützlich« abschreckend, erschien ich wie von Frau Caspari gebrieft und gebucht zu meinem Gig, als würde ich einen Dienst antreten. Was man versprochen hat, muss man auch halten. Ein Mann, ein Wort. Versprechen ist ehrlich, Halten beschwerlich. Pacta sunt servanda etc. pp., unverwüstliche Weisheiten meines Vaters. Am Rand des Parks lag ein Teich, fast schon ein kleiner See. Ich fand den an einem Steg vertäuten Kahn und setzte mich auf die Ruderbank. Während die Vesperglocken einer nahe gelegenen Kirche leicht verstimmt über den Park klöterten und Enten und Schwäne langsam und lautlos auf dem stillen Wasser hin und her zogen, hockte ich wie eine Rohrdommel im Schilf und stellte mir die bange Frage: Was hast du Vollidiot hier eigentlich zu suchen?

Doch dann kamen sie auch schon, auf die Minute pünktlich. Von Weitem hörte ich Stimmen, angeregtes Geplauder und Gelächter, näher und näher, schon schimmerten weiße Tücher, Strohhüte und Leinenanzüge durchs frische Sommergrün. Verabredungsgemäß griff ich zur Gitarre, stimmte *Summertime* an und sang davon, wie leicht das Leben ist, wie die Fische springen und wie die Baumwolle wächst. Das hatte Frau Caspari sich gewünscht und so bestimmt und damit immerhin einen besseren Musikgeschmack bewiesen als die Gräfin. Die Teilnehmer des VWs erreichten inzwischen den See. Es handelte sich um etwa zwei Dutzend Damen und Herren mittleren bis Greisenalters, manche auf Spazierstöcke gestützt, andere schoben schon Rollatoren vor sich her, und mitten unter ihnen die Gräfin und, ich traute meinen Augen nicht, das verführerische Zimmermädchen und sogar die Allerschönste. Was hatte diese Lichtgestalten denn bloß in den grauen Trupp aus moribunden Besserverdienenden verschlagen? Waren sie etwa auch am Unterhaltungsprogramm beteiligt? Sie lächelten mir zu, was ich als Aufforderung verstand, meinen neuen Song zum Besten zu geben.

Ich sitz in der Sonne,
summe mir ein kleines Lied,
blinzle zu der Wolke,
die da weiß ins Blaue zieht.

Ich denk nicht an Gestern,
Gestern, das schon längst verblich.
Ich denk nicht an Morgen,
Morgen kommt auch ohne mich.

Ich hab keine Sorgen,
bin nur einfach faul und froh,
sitze in der Sonne
jetzt und hier und einfach so.

Soweit mein Gesang die versammelten Schwerhörigkeiten durchdrang, schien das harmlose Liedchen zu gefallen, gab es doch dezenten Beifall und Bemerkungen à la bezaubernd und charmant. Natürlich war mir der Beifall lieber als dumpfe Gleichgültigkeit, aber irgendwie war es Beifall von einer geradezu schmerzlich falschen Seite. Zum Glück klatschte aber auch das Zimmermädchen, und die Wunderschöne lächelte noch strahlender als zuvor. War sie etwa gar nicht sauer auf mich, weil ich unter ihrem Schlafzimmerfenster im Busch gehockt hatte?

Die Gräfin kam auf den Steg, und ich fürchtete, dass sie nun das deutsche *San Francisco* von mir verlangen würde. Weit gefehlt. »Einige unter uns«, sagte sie vielmehr, »würden gern eine lustige Seefahrt unternehmen. Es macht Ihnen doch gewiss nichts aus, uns ans jenseitige Ufer zu rudern.«

Das Wörtchen »jenseitig« klang in dieser Gesellschaft irgendwie zweideutig. Zwar gehörte es nicht zu meinem Aufgabenbereich, eine Handvoll Morituri ins Jenseits zu befördern, aber wenn es mich vor dem Song des Grauens bewahrte, war ich gern bereit, den Charon zu mimen, zumal sogar die Tausendschöne säuselte, wie liebenswürdig das von mir wäre.

Also bestiegen nun vier Damen und drei Herren den Kahn, die Damen vorsichtig und furchtsam. Die Herren halfen ihnen und bliesen sich mit ihrer Kühnheit auf dem Wasser mächtig auf. Nachdem alle auf den Seitenbänken Platz genommen hatten, stieß ich vom Ufer ab, und einer der mittelalten Herren, der ganz vorn saß, fing an, das Boot ins Schaukeln zu bringen, worauf die Damen ängstliche Mienen aufsetzten. Eine stieß sogar einen spitzen Schrei aus, rief dem Schaukelmann zu, er sei ja ein ganz Schlimmer, und drohte ihm mit dem Finger. Immerhin warf mir die unfassbar Schöne einen Blick zu, den ich als eine Mischung aus Entschuldigung und Komplizenschaft verstand. Dann beugte sie sich lächelnd über die Bordwand und tauchte die Fingerspitzen ins klare Wasser, sodass sich ihr Gesicht zwischen sanft ziehenden Wolken und Uferbäumen als Spiegelbild durch den tiefblauen Himmel zog.

Wie ich noch so zu ihr hinschielte, sagte auf einmal die Gräfin, die leider mit von der Partie war, ich solle, bitte schön, während der Fahrt etwas singen, und zwar ---

Doch bevor sie *San Francisco* sagen konnte, unterbrach sie der Schaukelmann. »Ja«, sagte er entschieden, »singen Sie. Singen Sie etwas nach Ihrer Wahl oder, noch besser, ein eigenes Lied. Ich werde Sie solange als Rudersklave ablösen.«

Wir tauschten also die Plätze. Die Bildschöne schaute vom Wasser auf und sah mich an, dass es mir durch Leib und Seele ging und ich vermutlich über und über rot wurde. »Ein Liebeslied«, sagte, nein hauchte sie lächelnd, und in diesem Moment war ich mir sicher, dass sie mich heute früh hinter der Hortensie gar nicht gesehen hatte. Ein Liebeslied also. Da musste ich nicht lange überlegen, sondern sang das gute alte *You've got to Hide Your Love Away*. Das passte, weil ich vor all diesen Leuten meiner Angebeteten ja schlecht meine Liebe gestehen konnte. Den kompletten Text zitiere ich hier jetzt lieber nicht, weil ich sonst die Rechteinhaber mit ihren Wucherkonditionen im Nacken hätte. Außerdem kennt jeder den Song, und denjenigen, die ihn nicht kennen, ist sowieso nicht zu helfen, jedenfalls nicht mit Storys und Songs, weil sie mir vermutlich auch kein Wort von meiner Geschichte glauben.

Immerhin setzte es dezenten Beifall und ein nahezu verliebtes Lächeln für den Song, und dann stießen wir auch schon bald ans andere Ufer, wo die Herrschaften ungelenk aus dem Kahn kletterten. Der Schaukelmann nahm mich beiseite. »Sie haben Talent, junger Mann. Das Liedchen, das Sie vorhin auf dem Steg gesungen haben – ist das von Ihnen?«

Ich nickte.

»Deutsche Texte sind derzeit zwar out, aber der Song hat Potenzial«, sagte er. »Und wenn ich das sage, erst recht. Ich bin nämlich«, er räusperte sich wichtigtuerisch, »Musikproduzent, müssen Sie wissen. Hier, meine Karte. Wenn Sie in der Stadt sind, kommen Sie vorbei. Und hören Sie auf meinen Rat: Komponieren Sie nie einen Hit. Den müssen Sie dann nämlich bis an Ihr Lebensende singen.«

Das war vermutlich kein guter Rat, sondern ein Musikproduzentenwitz, denn er lachte leise vor sich hin, drehte sich um und lief mit großen Schritten den anderen nach.

Weil die Allerschönste mich während des Songs manchmal ganz nachdenklich und ernst angeschaut hatte, bildete ich mir ein, dass sie verstand, warum ich ausgerechnet dies Lied gesungen hatte. Sie sagte aber nichts mehr, sondern entschwand hinter Birken und Büschen. Ich stand am Ufer, zwar nicht wie Orpheus in jenseitiger Unterwelt, aber allein gelassen im Abseits. Ich schämte mich, weil sie so schön war und ich so bescheuert, mich als singender Gondoliere und Retortenhippie zum Narren zu machen.

DRITTES KAPITEL

Everyone smiles
as you drift past the flowers
that grow so incredibly high

John Lennon/Paul McCartney (The Beatles)
Lucy In The Sky With Diamonds

Am nächsten Morgen zog der Kaffeeduft genau wie am Tag zuvor durchs Gärtnerhaus, wurde diesmal jedoch von Geschirrgeklapper begleitet, und ein hohes Stimmchen summte dazu eine Melodie von --- von Dings, ähm, von --- mhm mhm, mhm mhm mhm mhm mhm mhm. Ach so, ja, schon klar. Ich war zwar kein Fan der Bee Gees, aber im passenden Moment gehört, gingen manche ihrer Songs sogar mir zu Herzen: *It's only words and words are all I have to take your heart away.* Worte, nichts als hilflose Worte. Viel schöner konnte man es ja gar nicht sagen beziehungsweise singen. Im Licht des unverschämt frühen Morgens war mir sonnenklar, dass es nur meine Wunderschöne sein konnte, die unten in der Küche klapperte und summte, um mich zum Frühstück, wenn nicht gar zu intimeren Delikatessen zu verführen.

Unter der altersschwach tröpfelnden Dusche schwoll meine Vorfreude prächtig an, schrumpfte jedoch auf Normalmaß zusammen, als sich die bienenfleißig Bee Gees Summende nicht als die Ersehnte entpuppte, sondern als das Zimmermädchen. Zwar war auch sie ein überaus reizender Anblick, hatte aber offenbar noch Wichtigeres zu erledigen, als mir so früh am Morgen außer Frühstück auch noch schöne Augen oder sonst etwas zu machen.

»Grüß dich«, sagte sie knapp, fast abweisend, als hätte sie meine halbgeilen Gedanken erraten, zog aus ihrer Schürzentasche einen blassblauen Briefumschlag und gab ihn mir.

»Von wem ist das?«, fragte ich.

Sie rümpfte ihre Stupsnase. »Das kannst du dir ja wohl denken.« Es klang ziemlich pampig, und dann sagte sie im selben frechen Ton noch ein paar rätselhafte Worte, die wie »baba und foi net« klangen, und ging.

Ich drehte den Brief in der Hand. Kein Adressat. Kein Absender.

Ich lief dem Mädchen hinterher, quer über den ziemlich verwilderten Rasen in Richtung der Rosenspaliere. »Moment mal!«, rief ich, blieb aber mit dem Fuß in einem Kaninchenloch hängen, stolperte und stürzte der Länge nach hin. Im Gras direkt vor meinen Augen wuchs eine Handvoll unscheinbarer blassbrauner Pilze, die Hüte klein wie Fingernägel.

Sie nickten freundlich, lächelten mich an, als hätten sie mich bereits erwartet und wollten ganz offensichtlich mitgenommen werden. Also sammelte ich sie mit spitzen Fingern ein und humpelte zum Gärtnerhaus zurück.

Der Kaffee war noch nicht kalt, das Ei auf den Punkt gekocht und die Brötchen frisch. Eine Tageszeitung fehlte, aber da lag ja der verheißungsvolle Brief. Natürlich konnte ich mir denken, von wem der war – von wem auch sonst, wenn nicht von *ihr?* Gierig schlitzte ich das Kuvert mit dem Buttermesser auf und entnahm ihm eine gleichfalls blassblaue Karte. Geschrieben mit roter Tinte in gepflegter Handschrift las ich:

Lieber Troubadour!
Heute Nacht soll Ihr Auftritt eine Überraschung
und ein Höhepunkt des Kostümfestes werden.
Bitte kommen Sie bei Einbruch der Dunkelheit zum
großen Birnbaum vorm Westflügel des Schlosses.
Ich werde Sie dort abholen.
In großer Vorfreude
Ihre
XXX

Dass sie mich siezte, war natürlich befremdlich, und Troubadour klang altertümlich, aber irgendwie auch witzig. Konnte es sein, dass sie meinen Namen noch gar nicht kannte? Ihren kannte ich ja auch nicht. Da waren die drei X natürlich besonders raffiniert und machten alles noch prickelnder. Und dann dies eine kleine Wörtchen: »Ihre«! Sie fühlte sich also schon als *meine,* obwohl sie es erst noch werden wollte, empfand Vorfreude, und die würde sich leidenschaftlich steigern, wenn wir uns erst in den Armen liegen würden, bei Einbruch der Dunkelheit.

Wo steckte eigentlich der Gärtner? Offenbar wohnte er selbst gar nicht in diesem Häuschen. Nachdem er mir vorgestern das Mansardenzimmer zugewiesen hatte, war er verschwunden und bislang auch nicht wieder aufgetaucht. Wahrscheinlich hatte er am Wochenende frei. Ich hätte ihn gern nach dem Namen meiner Allerschönsten gefragt und vielleicht auch nach den Pilzen, deren Unscheinbarkeit ein Geheimnis zu verbergen schien.

Auf dem Kaminsims standen verstaubt und wie vergessen einige Bücher – zwei, drei abgegriffene Ratgeber zur Gartenpflege; eine hübsch illustrierte Ausgabe von Stevensons *A Child's Garden of Verses* auf Englisch; ein Kochbuch; ein völlig zerlesenes, kaum noch in der Bindung gehaltenes Exemplar von *Alice im Wunderland* auf Deutsch; ein Baedeker-Reiseführer Italien von 1925; Seumes *Spaziergang nach Syrakus; Das große Buch der Sprichwörter; Die Morgenlandfahrt* von Hesse; *Düngung und Schnitt heimischer Obstbäume;* Joseph von Eichendorffs *Sämtliche Gedichte* und, sieh da, sieh da, als hätte es seit Jahr und Tag auf mich gewartet, *Schwammerlsuche. Handbuch der heimischen Speise- und Giftpilze. Reich illustriert.*

Die Pilze, in die ich gestolpert war, ähnelten zwar entfernt dem Kegeligen Düngerling und dem Halbkugeligen Träuschling, gehörten jedoch zur Gattung Psilocybe, von deren märchenhafter Wirkung ich bereits allerlei hatte raunen gehört. Zwischen Fotos des Blaufuß-Kahlkopfs und Steifstieligen Kahlkopfs fand sich auch ein Porträt meiner Ernte. Es handelte sich um Spitzkegelige Kahlköpfe, deren Genuss, so das Handbuch, bei geringer Dosis zu milden Rauschzuständen führe und bei mittlerer Dosis oft farbenfrohe Halluzinationen in abgegrenzten, häufig indianischen Mustern hervorrufe. Bei hoher Dosis könnten verzerrte Wahrnehmungen von Zeit und Raum auftreten. Im österreichischen Sprachraum werde der Pilz deshalb auch als »Narrische Schwammerln« bezeichnet.

Bis zu meinem Auftritt hatte ich noch den lieben langen Tag Zeit. Warum sollte ich sie mir nicht mit den Narrischen Schwammerln vertreiben? Sie dufteten und schmeckten schwach nach Gras und Rettich und hatten eine mehlige Konsistenz. Nachdem ich die Frühstücksreste weggeräumt hatte, schaute ich in Erwartung farbenfroh verzerrter Wahrnehmungen indianischer Muster eine Weile aus dem Fenster, wobei mir merkwürdig blümerant zumute wurde, als würden vor lauter Nichtstun meine Beine und Arme immer länger und als wüchse die Nase wie ein Pilz. Um mich abzulenken, griff ich wahllos zu einem der Bücher, setzte mich draußen auf die Bank und blätterte drauflos. Eichendorff. Von dem hatte ich damals noch nie etwas gelesen, nicht einmal den *Taugenichts,* geschweige denn Gedichte, und doch strömten sie freundlich dahin und in mich hinein, als hätte ich sie schon immer gekannt.

Es ist von Klang und Düften
Ein wunderbarer Ort,
Umrankt von stillen Klüften,
Wir alle spielten dort.

Wir alle sind verirret,
Seitdem so weit hinaus,
Unkraut die Welt verwirret,
Findt keiner mehr nach Haus.

Doch manchmal tauchts aus Träumen,
Als läg es weit im Meer,
Und früh noch in den Bäumen
Rauschts wie ein Grüßen her ---

Das war kein Lesen mehr. Ich roch die Düfte des verlorenen Orts, hörte das Meer brausen. Die Worte offenbarten eine ungeahnte Bodenlosigkeit. Die

Bäume rauschten, grüßten mich in einer wortlosen Sprache, die ich noch nie gehört hatte, aber sofort verstand. Ich legte das Buch beiseite. Mein Atem ging tiefer, lustvoller, ein Gefühl, als atmete ich zum ersten Mal im Leben, jeder Atemzug ein Genuss. Ein Teil der Terrasse war mit einer Pergola versehen, die über und über von einer Kletterpflanze berankt war. Die weißen Blüten bildeten einen sonnenhaften Kranz und verströmten süßen Duft, die eiförmigen Blätter glänzten. Es waren die schönsten Blüten und Blätter, die ich je gesehen hatte, wie mich überhaupt das Gefühl einspann, dass ich in meinem bisherigen Leben immer nur wie durch Milchglas geblickt hatte und die Welt erst jetzt sah, wie sie wirklich war. Im Licht der höher steigenden Sonne schien die Pflanze ein eigenes grünes Leuchten auszustrahlen, als würde sie mich anschauen und mir so das Privileg schenken, wie eine Pflanze zu sehen und zu fühlen, während ihre Blätter Sonnenstrahlen einsogen und deren Photonen in Kraft und neue Materie verwandelten. So sehen Pflanzen also die Welt, dachte ich staunend und musste über diese Assoziation leise lachen. Aber es war, wie es war. Und die Blätter sahen mich unaufhörlich an mit ihren unbeschreiblich wohlwollenden Blicken.

Indem ich heute davon erzähle, schäme ich mich fast für die Wörter, die fadenscheinig und banal klingen. Natürlich liegt das an der Unzulänglichkeit meiner Sprache, aber psychedelische Erfahrungen lassen sich ohnehin nur schwer in Worte fassen. Die Erinnerung an jenen Tag im Park ist immer noch lebendig, hell und klar und detailreich, aber wenn ich sie zu formulieren versuche, zerfallen mir die Worte wie modrige Pilze im Mund. Meine hilflosen Beschreibungen tun dem, was ich damals sah und fühlte, geradezu Gewalt an, weil diese Erfahrung im tiefsten Sinn vor- oder nachsprachlich war. Gefühle und Wahrnehmungen erschienen in einer neugeborenen Nacktheit, fern aller Skepsis, über jeden Zweifel erhaben und ohne das zweideutige Glitzern der Ironie, die ich sonst so sehr liebe. Plattitüden bekamen das Gewicht von Offenbarungen – Liebe und Frieden, ja doch, was wollte die Menschheit denn mehr?

Manchmal, wenn Vertreter dieser Menschheit im Park spazieren gingen, hörte ich von fern Stimmen oder auch leises Lachen, aber niemand kam dem Gärtnerhaus nahe. Es war, als wäre es von einer unsichtbaren Hecke umgeben, die so lange undurchdringlich bleiben würde, bis die Narrischen Schwammerln ihre Wirkung verlören. Noch aber funkten sie mit voller Kraft, und ich war nicht mehr der fremde menschliche Beobachter oder Störenfried, sondern Teil und Teilchen von allem, was ringsherum vor sich ging. Das Gewebe der lauen Luft schenkte mir das Gefühl, nicht nur an, sondern in diesem Ort zu sein, dazuzugehören, ein Wesen zu sein, das mit allen anderen in Beziehung stand. Ich blätterte auch noch ein wenig in den Gedichten, aber sie hatten ihren Zauber verloren, waren nur noch wimmelnde, ameisenkleine Punkte auf dem muffig riechenden Papier. Lieber ging ich, angelockt von einer rotweißen Duftspur der Blüten, zum Rosenspalier. Libellen, Schmetterlinge und Bienen umschwärmten die Rosen, küssten Blüten und Blätter und zogen in der warmen Luft bunte Bänder und Muster hinter sich her. Im Spätnachmittag drehten die summenden Pollensammler ihre letzten Runden des Tags, und die Blüten reckten sich ihnen in unschuldiger Geilheit nun erst recht entgegen: Nimm mich! Mich! Mich! Da war es natürlich kein Zufall, dass ich an meine Tausendschöne dachte, denn die Rosen waren wie ihr Mund und ihr Augenaufschlag so vergänglich wie die blauen Blüten der Winden am Giebel des Gärtnerhauses. Bald würde sie mich unter dem Birnbaum erwarten.

Aber waren ihre Augen wirklich blau? Der Zweifel war vielleicht ein diskreter Hinweis, dass die Wirkung der Pilze nachließ. Auf dem Tisch vorm Haus standen ein üppiger Obstteller, darauf Äpfel, Birnen, Pfirsiche, Marillen, Mirabellen, eine Flasche Veltliner, eine Karaffe mit Wasser, zwei Gläser. Wieso zwei? Und wer hatte das alles dort hingestellt? Ich hatte niemanden kommen oder gehen sehen. Was ging hier vor?

Wirkten die Pilze immer noch, wenn auch auf einer anderen Ebene? Oder war ich in ein Wunderland geraten, tiefer und tiefer, und konnte nicht mehr unterscheiden, ob mein Leben ein Traum oder der Traum mein Leben war? Vielleicht waren Obst, Wein und Wasser auch gar nicht real, sondern bloß ein hyperrealistisches Stillleben, gemalt von einem unsichtbaren Künstler? Ich aß von den Früchten. Sie schmeckten wie Früchte. Ich trank ein Glas Wein. Es schmeckte wie Wein. Ich trank ein Glas Wasser. Es schmeckte wie Wasser, frisch, kühl und klar.

Als das Licht sich rötete und die Schatten länger fielen, nahm ich meine Gitarre und ging in den Teil des Parks, in dem der Birnbaum stand. Einen Steinwurf entfernt erhob sich eine uralte Eiche, in deren Krone man eine kleine Aussichtsplattform für schwindelfreie Hotelgäste gebastelt hatte. Über Stufen und Sprossen, die am Stamm und an Ästen befestigt waren, kletterte ich hinauf. Die Sonne ging eben unter und überzog das Land mit Schein und Schimmer, der Fluss zog blau in die ferne Dämmerung, und einzelne Sterne trauten sich bereits hervor. Fledermäuse zuckten Risse durchs Porzellan des Abendhimmels. Vom Hotel drangen Klangfetzen herüber. Die Tanzkapelle stimmte die Instrumente, und dann ging es auch schon los. Ich übersah den Park, in dessen Dunkelheit nun Lampions und Fackeln gelbe

Schneisen schlugen, und konnte auch durch hell erleuchtete Fenster in den glänzenden Hotelsaal blicken. Manche der Festgäste waren mehr oder weniger einfallsreich kostümiert, die meisten aber trugen lediglich Gesichtsmasken. Zur gepflegt langweiligen Musik, die aus den Zeiten meiner Großeltern stammen musste, wogte und walzte und wirrte diese bessere Gesellschaft mit dem schlechteren Geschmack bunt und unkenntlich durcheinander. Manchmal lehnten sich einige Herrschaften aus dem Fenster und schauten in den Park. Lichter vergoldeten den Rasen und die Sträucher und Bäume vor dem Hotelportal, doch hinter mir lag alles schwarz und schweigend im Dunkeln.

Die Kapelle machte endlich Pause. Leises Stimmengewirr, gedämpftes Lachen. In den Sträuchern unter mir raschelte es. Das konnte nur *sie* sein. Sie kam sogar früher als verabredet. Ich hielt den Atem an und starrte nach unten. Aber die Geräusche klangen gar nicht nach ihr. Da trapste keine zarte Nachtigall durchs Gras, nein, durchs Gebüsch brach eine übergewichtige Spinatwachtel, in einer Hand einen Lampion, in der anderen eine Maske, die sie sich vors Gesicht hielt, als würde ich sie so für eine andere halten. Sie stapfte, ganz offensichtlich auf der Suche nach mir, zum Birnbaum.

Nachdem ich mich vom ersten Schock erholt hatte, dämmerte mir mit Schrecken, was hier gespielt wurde, zumal die Gräfin nun auch noch zu reden begann. »Hallihallo«, säuselte sie. »Wo versteckt sich denn mein kleiner Troubadour? Mir ist so heiß, so himmlisch heiß. Ich brauche deine Hände, um mich zu kühlen. Nimm mich so, wie du zu deiner Gitarre greifst.« Mit der Maske fächelte sie sich dabei Kühlung ins ziegelrote Gesicht, blies aus dicken Backen Luft aus, und im Laternenschein konnte ich erkennen, wie dabei die Flechsen und Adern an ihrem Hals anschwollen.

Ich gab keinen Mucks von mir, biss mir auf die Unterlippe, um nicht laut aufzulachen, und war heilfroh, in meiner Eiche außer Sicht und in Sicherheit vor dieser mannstollen Matrone zu sein. Zugleich wurmte es mich, dass mein verliebter Irrsinn mich derart geblendet hatte. Auf die von mir Erhoffte würde ich lange warten müssen. Vermutlich ewig. Und ewig währt am längsten ---

Unterm Birnbaum wurde nun die Tonart abrupt gewechselt. »Wo steckst du, du Lulu? Liegst du Bemmerl irgendwo im Gebüsch und schläfst deinen Haschischrausch aus?« Und zurück zum Sie: »Ich werde Ihre Gage kürzen, Sie, Sie undankbarer ---« Es folgte eine Kanonade von Schimpfworten, die wohl wienerisch und mir also unbekannt waren und etwa so klangen: foischer Lump, Dillo, Klaumpfnwiager. Und damit dampfte sie wütend zum Schloss zurück und verschwand im Eingang.

Die Musik setzte wieder ein. Leute, die plaudernd und rauchend auf dem großen Balkon gestanden hatten, drängten zurück in den Saal. Nur ein Mann in einem weißen Leinenanzug blieb draußen stehen. Er blickte in den Park, aber im Halbdunkel war sein Gesicht kaum zu erkennen, zumal er auch eine dieser affigen Zorromasken trug, mit denen die meisten Herren herumliefen, als würden sie ihnen ein geheimnisvolles Inkognito verschaffen. Als er sich eine Zigarette ansteckte, zitterte der Flammenschein des Feuerzeugs geisterhaft über die Maske. Auf der Balustrade hatte man hohe Windlichter drapiert, in deren Funkeln der Balkon wie eine Bühne wirkte, und diese Bühne betrat nun, in einem eng anliegenden weißen Kleid, schlank und märchenhaft schön wie eine Blume, die nachts erblüht, die Frau meiner Träume. Und falls ich immer noch irgendetwas erhofft haben sollte, verschmorte jetzt das letzte Fünkchen wie ein nass gewordener Knallfrosch. Sie tippte nämlich dem Maskenmann auf die Schulter, worauf er sich umdrehte, sie umarmte und links, rechts und noch mal links auf die Wangen küsste. Dann hakte sie sich bei ihm unter, und sie verließen wie ein glücklich verliebtes Paar den Balkon.

Ich hockte wie erfroren da. Der kalte Nebel des Trübsinns legte sich auf meine Gedanken. Die Tanzmusik klang schief und quäkend, schmerzte, quälte. Irgendwann verstummte sie, und die Lichter wurden gelöscht. Meinen Auftritt hatte ich verpasst, aber den hatte offenbar auch niemand vermisst. Ich kauerte auf dem Baum wie eine Nachteule in den Ruinen meiner Fantasie und schlief schließlich ein.

Kurz vor Sonnenaufgang weckte mich der Gesang einer Amsel. Er klang klagend, und da musste ich natürlich gleich an den Beatles-Song denken, in dem eine in tiefster Nacht singende Amsel ermutigt wird, ihre gebrochenen Flügel auszubreiten und endlich fliegen zu lernen, hat sie doch ihr ganzes Leben auf den Moment des Abhebens gewartet.

Das galt auch mir! Die kühle Klarheit der Morgenluft brachte mich zur Besinnung. Was tat ich hier? Was hatte ich hier verloren? Was zu erwarten? Was zu erhoffen? Statt mich hier weiter zum Musikclown für feiste Greise zu machen, hätte ich genauso gut wieder nach Haus fahren können, um dort den von meinem Alten ersehnten & Sohn zu mimen. Ich hätte Finanzbeamter werden können, Oberzollinspektor, Steuerberater oder Studienrat, Besoldungsgruppe A 13 aufwärts, Pension und Spießigkeit garantiert. Oder Rezeptionschef eines Schlosshotels. Ha! Und als ich mir vorstellte, wie sich die Schöne jetzt neben ihrem schnöseligen Lover räkelte, erwachen und Morgengymnastik in Form von leidenschaftlichem Sex treiben würde, da wusste ich: Hier hält mich nichts. Weg von hier, das ist mein Ziel!

Das Stillleben aus Obst, Wein und Wasser war von der Terrasse verschwunden, auf dem Tisch lagen immer noch Eichendorffs Gedichte. Unschlüssig, ob ich sie mitschleppen sollte, begann ich zu blättern.

Und ich mag mich nicht bewahren!
Weit von euch treibt mich der Wind,
Auf dem Strome will ich fahren,
Von dem Glanze selig blind!

Das galt mir ja auch! Mich einfach vom Wind treiben lassen, weg aus dieser verschnarchten Welt von Vorgestern, hinaus ins verheißungsvolle Irgendwo.

Und das Wirren bunt und bunter
Wird ein magisch wilder Fluss,
In die schöne Welt hinunter
Lockt mich dieses Stromes Gruß.

Das sprach mir, wie man in Eichendorffs Tagen vielleicht gesagt hätte, aus der Seele. Also packte ich das Buch in meinen Rucksack, und als ich die Gitarre in ihren Koffer legte, blitzte ein Sonnenstrahl über die Saiten und schien einen lautlosen Ton zu erzeugen. Ohne mich noch einmal umzusehen, verließ ich das Haus, wie man einen Traum verlässt, ohne ihn zu vergessen, ging durch den Park, vorbei an der Remise, hinter deren Fenstern ein anderer Traum verblasste.

Ich fühlte einen Stich, aber als ich durch die Lindenallee zum Ausgang ging, kam ich mir vor wie die Amsel, die ihre Kraft zusammennimmt, um fliegen zu lernen und endlich abzuheben.

VIERTES KAPITEL

If you can't be with the one you love
Love the one you're with

Stephen Stills
Love The One You're With

Dummerweise hatte ich nicht den leisesten Schimmer, ob ich mich auf der Landstraße nach links oder rechts, bergauf oder bergab wenden sollte. In der stillen Morgenstunde war nirgends ein Mensch zu sehen, den ich nach einer Bushaltestelle oder zumindest nach der Richtung hätte fragen können. Hinunter nach Wien wären es gut und gern zehn Kilometer gewesen, und außerdem lag die Stadt nördlich des Hotels. Weil Italien aber bekanntlich im Süden lag, bog ich links ab und marschierte los, während die Sonne höher stieg und die Morgenkühle aufsog. Nach einer Weile erreichte ich eine Kreuzung, von der die Straßen abzweigten, als führten sie aus der Welt hinaus, weit und breit kein Schild, das in irgendeine Richtung gewiesen hätte. Vor mir lagen Berge, hinter mir Feld, rechts von mir Wald und links von mir Wiesen. Das ganze Land wirkte totenstill und gottverlassen.

Vielleicht lag es daran, dass Sonntag war und der liebe Gott bei seinen Gläubigen in der Kirche. Ich setzte mich am Straßenrand ins Gras und wartete. Auf ein Auto, ein Motorrad, ein Moped, ein Fahrrad, eine Schubkarre – egal wer oder was.

Schließlich kam der Wer in Gestalt eines Bauern, und das Was war ein Trecker, der klappernd, knatternd und sprotzend Dieselschwaden in die Morgenluft entließ und einen leeren Anhänger zog. Hoffnungsfroh reckte ich den Daumen. Der Bauer hielt an, musterte mich und mein Gepäck mürrisch und ziemlich misstrauisch, aber nachdem es mir gelang, ihm trotz Motorlärm und meiner norddeutschen Aussprache verständlich zu machen, auf der Suche nach einer Bushaltestelle zu sein, nickte er, ließ mich auf den Anhänger klettern und ratterte wortlos weiter. Ich setzte mich auf die Ladefläche, streckte die Beine aus und fand das recht gemütlich, auch wenn das Fahrgefühl weniger komfortabel war als im Mercedes Roadster.

Weil die Seitenplanken, gegen die ich mich lehnte, gelb gestrichen waren, musste ich an das Volkslied vom gelben Wagen denken, an die trabenden Rosse und das lustig schmetternde Horn und daran, dass Bundespräsident Scheel dies Lied erst kürzlich in einer Fernsehshow geträllert und damit einen Spitzenplatz in den deutschen Schlagerparaden ergattert hatte. Nicht zu fassen! Demnächst würde dann ja wohl Helmut Schmidt mit Heino im Duett *Schwarzbraun ist die Haselnuss* knödeln. Wie sollte unsereiner je auf den sprichwörtlichen grünen Zweig kommen, wenn der ganze Baum von derartigem Flachsinn besetzt wurde? Und warum treckerte ich Trottel hier eigentlich auf einem nach Pferdemist müffelnden Anhänger richtungslos durch Felder, Wiesen und Auen? Wäre es nicht klüger gewesen, mich an den Musikproduzenten zu wenden, der mir nach der Kahnpartie seine Karte aufgedrängt hatte? Dann säße ich jetzt auf Kosten der Produktionsfirma in einem Luxushotel und verhandelte über die Konditionen meiner zukünftigen Hits.

Ich zog das Notizbuch aus meinem Rucksack, blätterte durch Stichworte, Reime, Akkordfolgen und stieß auf zwei Zeilen, die mir ausbaufähig vorkamen.

Gestern wild, morgen zahm
Gestern flink, morgen lahm

Kein schlechter Anfang, aber wie weiter? Vielleicht so?

Gestern munter, morgen matt
Gestern hungrig, morgen satt

Hungrig war ich in der Tat, hatte ich heute doch noch gar nicht gefrühstückt. Die geniale Zeile verdankte sich also der Not, jener sprichwörtlichen Armut, die angeblich Großes gebiert. Und doch: Ein knurrender Magen lieferte wohl kaum Melodien für Ohrwürmer.

An der nächsten Straßenkreuzung hielt der Trecker an. Hier gab es ein paar kümmerliche Gebäude, verstaubte Scheunen, eine Handvoll Häuser. Der Bauer deutete auf einen Pfosten mit dem runden Haltestellenschild. Ich kletterte vom Hänger, bedankte mich, und der Trecker dieselte sprotzend von dannen.

Gegenüber lag laut Schrift an der Hauswand der *Heurige zum Hoppevogel.* Ich betrat erwartungsfroh den Gastraum, in dessen Dämmerlicht sich ein paar schweigende Gestalten verloren, die mich musterten, als käme ich vom Mars. Ich nahm am Fenster Platz, von wo aus ich die Haltestelle im Blick hatte. Es gab keine Speisekarte, aber eine freundlich lächelnde Dickmadame machte mir klar, dass ich die Wahl zwischen Krautfleckerl und Schlutzkrapfen und, was die Getränke betraf, zwischen Heurigem und Märzenbier hätte. Da mir nichts dergleichen bekannt war, bestellte ich auf gut Glück, bekam ein Nudelgericht und ein gewaltiges Glas Bier vorgesetzt, und die Madam wünschte »an Guaden«. Die Nudeln waren lecker und machten satt, das Bier war stark, stieg zügig zu Kopf und machte schläfrig.

Als ich bezahlen wollte, fiel mir ein, dass ich keine Schillinge hatte, sondern nur D-Mark, und davon auch nicht mehr viel. Das, so die freundliche

Dickmadame, sei aber gar kein Problem und rechnete im Köpfchen die Zeche zu einem allerdings sehr unfreundlichen Kurs in D-Mark um. Ich zahlte zähneknirschend und erkundigte mich nach der Abfahrtszeit des Busses.

Die Rechenkünstlerin zuckte vage mit den Schultern. Das könne man nie genau sagen, und schon gar nicht an einem Sonntag. »Kommt Zeit, kommt Rat«, sagte sie verschmitzt schmunzelnd, und irgendwann käme dann vielleicht auch ein Bus.

Das war wohl so etwas wie der berüchtigte Wiener Schmäh, der über mir, dem depperten Piefke, ausgegossen wurde. Irgendwo im Hintergrund wurde scheppernd gehustet. Oder war das Gelächter?

Wenige Schritte vom *Hoppevogel* entfernt gab es eine Obstwiese, von der aus man die Bushaltestelle bestens im Blick hatte. Das morsche Zaungatter war nur angelehnt. Im Schatten eines Pflaumenbaums machte ich es mir bequem, lehnte mich an den Stamm, blinzelte bierselig ins grüngelbe Blattwerk, das die Sonnenstrahlen zu schwankenden Mustern filterte, und kritzelte in mein Notizbuch.

Gestern ist Vergangenheit
Bis morgen ist noch lange Zeit

Ich nahm die Gitarre aus dem Koffer, suchte nach einer passenden Melodie. In den Baumkronen zwitscherten Vögel, erzählten sich was, Grillen zirpten im ungemähten Gras, und gelegentlich schielte ich noch zur Bushaltestelle. Nackt lag die Gitarre neben mir. Ihr schlanker Hals und ihr Körper glänzten verführerisch im Bett des blaugrünen Grases. Ich wusste sehr genau, an welchen Stellen sie zu berühren, zu greifen, wie über sie zu streichen wäre, um das zu wecken, was in ihr träumte. Es waren ja meine eigenen Träume. Wie bei einer Acht waren zwei Kreise miteinander verbunden. Der obere, kleinere wie Brüste, der untere wie Hüften, dazwischen ein dunkles Loch, versperrt durchs Gitter aus sechs Saiten. Während mir die Lider schwerer wurden und ich von Traum zu Traum wanderte, sangen die Vögel eine Melodie, zu der mir ein paar Worte zuflogen.

Hier und heute tanzt das Glück
Jetzt in jedem Augenblick

Wie dunkle, vom Wind gekräuselte Samtbänder waberten Celloklänge durch meine Siesta, und giftgrüner Schleim der Eifersucht tropfte mir ins Gehirn, weil sich nie, nie, nie klären ließe, ob die Schöne das Cello strich oder ihr Geliebter mit der Zorromaske, während hinter einem Rosenspalier das Zimmermädchen hervorkam, umhüllt von nichts als den Bändern aus Samt oder Klang, und mir mit weit geöffneten

Armen entgegenlief, aber als ihre feucht schimmernden Lippen fast schon meinen Mund berührten, erröteten ihre Wangen, quollen auf und ihr Gesicht verwandelte sich in das der Gräfin, die mich an sich drückte, als wollte sie eine Zitrone ausquetschen, und dabei flüsterte, ich sei ihr über alles geliebter zuckersüßer Schlutzkrapfen, doch da wurde sie zur Dickmadame aus dem *Hoppevogel,* die mir das letzte Geld aus der Tasche ziehen wollte, und irgendjemand hustete stockend oder lachte laut und scheppernd, sodass ich aufschreckte und eben noch den Bus abfahren sah, der, blauschwarze Dieselwolken hinter sich herziehend, an der Kreuzung abbog und auf Nimmerwiedersehen verschwand.

Also blieb mir nichts anderes übrig, als mich wieder an die Straße zu stellen und zu hoffen – egal mit wem, egal wohin, aber so schnell wie möglich. In einer geschlagenen halben Stunde rauschten allerdings nur drei oder vier Autos schnöde an mir vorüber, und ich machte mich darauf gefasst, noch sehr lange in dieser verschnarchten Ödnis herumzustehen, als plötzlich ein VW Käfer auftauchte, zu meiner Enttäuschung ebenfalls vorbeitöffelte, aber nach 20 Metern doch noch anhielt.

Am Steuer saß eine junge Frau. Sie hatte eins dieser wallenden indischen Kleider an, die so aussahen, als würden sie immer ein bisschen nach Patschuli riechen, hatte lange dunkelblonde Haare, die Augen dunkel von Kajal umrahmt, im linken Ohrläppchen ein Silberring. Wohin ich denn wolle?

»Tja, mhm«, sagte ich, weil ich außer »nach Süden« oder »nach Italien« ja gar kein klares Ziel hatte.

Aber die Frau erwartete offenbar auch gar keine Antwort, sondern sagte wie entschuldigend, sie fahre sowieso nur bis M.

»Na prima«, sagte ich, schob mein Gepäck auf die Rückbank und nahm auf dem Beifahrersitz Platz. Was für ein märchenhaftes Glück ich doch hatte, gestrandet im schlimmsten Spießerkaff von dieser scharfen Schönheit aufgesammelt zu werden!

Sie habe eigentlich nur angehalten, sagte sie lächelnd, weil sie meine Gitarre gesehen hätte, und musterte mich dabei, als suchte sie etwas in meinem Gesicht. Vielleicht hätte sie mich aber auch ohne Gitarre mitgenommen, einfach nur so. Und sie heiße übrigens Anna.

Ich verriet ihr auch meinen Namen und sagte, dass ich aus Deutschland käme.

Das könne man ja hören, befand sie und kicherte, als ob man nicht hätte hören können, dass sie Österreicherin war. Sie sei übers Wochenende in Wien gewesen, weil in M. der Hund begraben sei. Musik nur für alte Säcke. Nicht zum Aushalten. Da müsse man dann einfach mal raus, Großstadt schnuppern. Feiern, tanzen, flirten und so. Na, ich wisse schon ---

Ich wusste schon, dachte mir beim »und so« meinen Teil und nickte grinsend. »Klar doch.«

Am Spätnachmittag kamen wir in M. an, ein sauberes, hübsches Städtchen. Am Rathausplatz stiegen wir aus, setzten uns auf die Terrasse eines Heurigenlokals und bestellten Wein. In der Mitte des Platzes gab es einen Brunnen, in dem auf einem Postament die Statue irgendeines Heiligen mit Pilgerhut und Pilgerstab stand. Der gute Mann war vielleicht der Schutzpatron für Typen wie mich, die sich auf Pilgerschaft ins blaue Irgendwo befanden und am Abend eines langen Tags nicht wussten, wo sie ihr müdes Haupt betten sollten. Auf Annas Kissen vielleicht?

Als wäre sie telepathisch begabt, unterbrach sie meine testosteronbefeuerten Assoziationen und fragte, wo ich denn heute Nacht unterkommen würde. Dabei legte sie den Kopf leicht schief und lächelte mich an. Ich lächelte zurück, zuckte mit den Schultern und sagte, ich sei durchaus optimistisch, dass sich in der Hinsicht noch etwas ergeben werde, und griff zu meinem Weinglas. Auch sie trank einen Schluck, wobei sie mich mit ihren dunklen Augen über den Rand des Glases musterte, als würde sie etwas prüfen oder erkunden oder sich fragen, was ich wohl mit dem Wort »ergeben« meinte.

Auf dem von Cafés und Beisln umgebenen Platz war eine niedrige Bühne aus Holzpaletten aufgebaut, auf der Verstärker, Lautsprecher und Mikrofone standen. Da hätte gestern Abend und heute Nachmittag eine Trachtenkapelle Blasmusik gemacht, sagte Anna, und das sei die Musik, vor der man halt nach Wien fliehen müsse, und vor den Leuten, die solche Musik machten und mochten, müsse man erst recht fliehen. Sie trank einen Schluck Wein und sah mich wieder so an, so zweifelnd und zutraulich zugleich, und sagte unvermittelt: »Warum gehst du nicht auf die Bühne?«

»Ich? Auf die Bühne? Hier? Jetzt? Vor diesem Blasmusikpublikum? Für wen sollte - - -«

»Für mich«, sagte sie schnell. »Als Beteiligung an den Benzinkosten.« Sie lachte.

»Kommt nicht infrage. Ich bin doch kein - - -«

»Doch«, sagte sie, »du bist Musiker. Und wenn du willst, dass wir heute Abend - - -, ich meine, wie hast du das vorhin so schön gesagt? Dass sich heute noch etwas ergibt? Wenn sich da also noch etwas mit mir ergeben soll, dann musst du dafür auch etwas tun.« Und dann führte sie wieder das Glas an ihre Lippen und sah mich über den Glasrand so an, so, so - - - so unwiderstehlich.

Und also fand ich mich kurz darauf auf der Bühne im Schatten des frommen Pilgers wieder und spielte und sang – was, weiß ich heute nicht mehr genau. Vielleicht *Death Of A Clown* oder *Heute hier, morgen dort.* Oder *Here Comes The Night* oder *Southbound.* Oder vielleicht sogar *Love The One You're With,* weil das ja besonders gut gepasst hätte? Die Leute an den Cafétischen und die Passanten wunderten sich womöglich über meinen Auftritt, hörten aber nicht zu oder ignorierten mich geflissentlich, sondern plauderten miteinander und spielten Karten. Nach einer Weile trauten sich ein paar Jugendliche, die am anderen Ende des Platzes herumlungerten, näher heran. Auch an den Tischen wurde es etwas ruhiger, und schließlich gab es sogar verhaltenen Applaus. Als letztes Stück, das weiß ich bis heute und werde es nie vergessen, spielte ich Leonard Cohens *Tonight Will Be Fine.* Und ich habe es nicht vergessen, weil die Nacht damals hielt, was der Song versprach: A soft naked lady, love meant her to be.

Schöner kann man es ja nicht sagen, und ich versuche es auch gar nicht erst. Jedenfalls lagen wir danach redlich erschöpft nebeneinander, und sie sagte, dass sie Krankenschwester sei und zur Frühschicht rausmüsste. Aber ich könnte so lange schlafen, wie ich wollte, und später würde sie dann etwas für uns kochen, ob ich ein Leibgericht hätte, und überhaupt fände sie es schön, dass nun ein Mann im Haus wäre, und über solch süßem Geplapper schlief sie schließlich ein und schnorchelte selig vor sich hin.

Ein bleicher Mond hing vorm Fenster, schien mir ins Gesicht, und obwohl Anna und ich wirklich Spaß miteinander gehabt hatten, lag ich wach und unbehaglich da. So, dachte ich, steht der Mond nun auch über dem Schlosshotel, wo die Allerschönste mit ihrem Zorro schläft, und ihr ist es natürlich völlig egal, wo ich jetzt bin und mit welcher ich schlafe, während die Bäume und Rosen im Park immerfort leise rauschen. Ich sah den Wolken nach, die durch den Mondschein in die Ferne zogen, und wusste plötzlich, dass ich nicht bleiben konnte, nicht in M. bei der liebeslustigen Anna, die sich einen Mann im Haus wünschte. Mir ging es wie dem wandernden Musikanten in einem Gedicht Eichendorffs, das, würde man es ins Englische übersetzen, wie ein Song von Bob Dylan klingen würde.

Schöne alte Lieder weiß ich,
In der Kälte, ohne Schuh
Draußen in die Saiten reiß ich,
Weiß nicht, wo ich abends ruh.

Manche Schöne macht wohl Augen,
Meinet, ich gefiel ihr sehr,
Wenn ich nur was wollte taugen,
So ein armer Lump nicht wär.

Mag dir Gott ein'n Mann bescheren,
Wohl mit Haus und Hof versehn!
Wenn wir zwei zusammen wären,
Möcht mein Singen mir vergehn.

FÜNFTES KAPITEL

If you don't know where you are going
any road can take you there.

Lewis Carroll/George Harrison
Alice in Wonderland/Any Road

Es war noch stockdunkel, als ich mich aus Annas Wohnung schlich und durch die schlafenden Gassen stolperte. Am Abend zuvor hatte ich ein Schild gesehen, das Richtung Bahnhof wies, aber im trüben Gefunzel einiger Straßenlaternen fand ich weder Schild noch Bahnhof, sondern verirrte mich in einen Außenbezirk. Hier rückten die Häuser weiter auseinander, während die Gärten immer größer wurden und schließlich in Felder übergingen. Die von Platanen gesäumte Allee führte bergauf, und weiter draußen in der Dunkelheit ließen sich Berggipfel erahnen, die schwarz und mächtig zum Himmel ragten.

Unschlüssig, ob ich weitergehen oder umkehren sollte, hockte ich mich am Straßenrand auf einen Findling und drehte mir eine Zigarette, als Motorengeräusch und Scheinwerferlicht durch die nächtliche Stille brachen. Zwei Motorräder näherten sich langsam, fast im Schritttempo, als suchten sie, genau wie ich, nach dem Weg, und hielten an, nachdem die Scheinwerfer mich erfasst hatten. Es waren mächtige Maschinen, deren Motoren noch im Leerlauf nach überschüssiger Kraft klangen, mit prall bepackten Seitentaschen. Unter den Helmen und Schutzbrillen waren die Gesichter der Fahrer nicht zu erkennen. Sie nickten mir zu.

»Servus, der Herr Musikus«, sagte einer der beiden mit Blick auf den Gitarrenkoffer, »noch so spät unterwegs?« Es klang ziemlich spöttisch.

»Schon so früh, würde ich sagen.«

»Na ja, wie man's nimmt«, sagte er. »Und wo soll's hingehen?«

»Immer geradeaus«, sagte ich kühl. Die Typen waren mir nicht ganz geheuer. Und angesichts der schwer bepackten Maschinen war ja mit einem Lift sowieso nicht zu rechnen.

»Wir haben uns verfahren«, sagte der andere Biker. »Wir wollten nicht nach M., sondern nach B. Wenn du weißt, wo's langgeht, können wir dich mitnehmen.« Er sprach mit einem leicht italienisch klingenden Akzent.

Tja, wenn es denn so war, kannte ich mich in diesen Landstrichen natürlich bestens aus. »Ich bin auch nach B. unterwegs«, log ich also.

»Mitten in der Nacht?«, fragte der Erste rhetorisch, wenn nicht misstrauisch.

»Ihr seid doch auch nachts unterwegs, oder etwa nicht?«

»Auch wieder wahr«, sagte der andere versöhnlich. »Aber man kann ja nie wissen, wer so alles in diesen Zeiten nachts unterwegs ist. Und ob in einem Gitarrenkoffer wirklich eine Gitarre steckt. An den Grenzen wird jedenfalls scharf kontrolliert. Die Roten Brigaden haben wieder mal irgendwen entführt, einen Bankdirektor oder Minister oder Industrieboss, was weiß ich.«

»Ich kann euch ja mal was auf der Gitarre vorspielen«, sagte ich. »Klingt besser als 'ne Knarre.«

»Warum nicht? Dann singen wir zusammen *Bandiera Rossa.*«

»Schluss mit dem Gequatsche. Wir müssen weiter«, sagte nun der Erste dringlich.

Mein Rucksack und die Gitarre wurden auf dem Soziussitz des einen Motorrads festgeschnallt, ich stieg hinter dem Fahrer aufs andere Bike, und so zogen wir bergauf in die mondhelle Nacht. Die Straße war asphaltiert, aber schmal und lief in steilen Serpentinen einen Berghang entlang. Manchmal konnte man über die Tannenwipfel, die von unten wie knochige Finger heraufiangten, in die Täler sehen, manchmal schlugen irgendwo Hunde an. In der Tiefe rauschte ein Fluss und blitzte metallisch im Mondschein. Die Motoren brummten kraftvoll und gutmütig, die Scheinwerfer schnitten scharf umrandete Kegel in die Dunkelheit, und die langen Baumschatten, die über uns hinweghuschten, ließen die beiden Fahrer bald schwarz, bald hell, bald winzig, bald gigantisch erscheinen. Der Nachtwind rauschte mir um die Ohren, und mich ergriff ein Schwindelgefühl, leicht nur, beinah angenehm, als sänke ich, sanft um mich selbst rotierend, immer tiefer in einen endlosen Tunnel aus Träumen.

Kühl und farblos kam die Morgendämmerung, rosa Streifen geisterten bald über den Himmel, ganz leise, als würde man über einen Spiegel hauchen. Die Straße führte jetzt talwärts und mündete schließlich auf eine größere Querstraße. Hier gab es sogar Richtungsschilder: Eins wies nach A., das andere nach B. Wir hielten an.

»Links ab geht's nach B.«, sagte ich im Vollgefühl meiner ungeahnten Ortskundigkeit und zeigte auf das Schild.

Mein Fahrer schaute auf seine Armbanduhr. »Wir sind aber viel zu früh«, sagte er. »Das geht nicht. Könnte Probleme geben.«

»Dann frühstücken wir doch erst mal ganz gemütlich«, schlug der andere vor.

Wir fuhren langsam weiter, bis der Wald sich lichtete und wir einen Rastplatz fanden, von dem aus man das Tal und darin die Häuser, Industrieschlote und den Zwiebelkirchturm von B. liegen sah. Die beiden Biker zogen ihre Lederjacken aus und setzten die Helme und Motorradbrillen ab, sodass ich nun ihre Gesichter erkennen konnte. Mein Fahrer war ein paar Jahre älter als ich, groß, schlank, Dreitagebart, sonnengebräunt. Der andere war etwa in meinem Alter, kleiner, zierlicher, und hatte schulterlange schwarze Locken, die er sich aus der Stirn schüttelte, wodurch er für einen Moment fast mädchenhaft wirkte.

Der Ältere sah mir starr ins Gesicht, stutzte, schien nachzudenken, murmelte: »Das gibt's doch gar nicht«, und fing leise zu lachen an.

»Was ist los?«, fragte der Mädchenhafte.

»Das ist ja ---«, sagte der andere grinsend und fixierte mich immer noch ungläubig. »Du bist doch der Vorzeigehippie vom Lindenhof, oder?«

Ich nickte staunend und sah ihn groß an, überlegte, wo wir uns im Hotel hätten begegnet sein können, doch obwohl er mir nicht völlig unbekannt vorkam, konnte ich mich nicht an ihn erinnern.

»Ich war bei dieser albernen Promenade am Schlossteich, als du gesungen hast«, erklärte er. »Ich bin natürlich nicht mit ins Boot gestiegen. Das war ja eine total peinliche Show, aber den alten Säcken hat das einen Heidenspaß gemacht. Die Alte hat manchmal so schräge Ideen.«

»Das kannst du aber laut sagen«, sagte der Zierliche, und es klang irgendwie schnippisch bis beleidigt. »Ich heiße übrigens Billy.«

»Und ich bin Wyatt«, sagte sein Freund.

Wyatt? Billy? Ich fragte mich, in welche Traumregion ich inzwischen geraten war. Billy the Kid und Wyatt Earp? Oder wie oder was? So hießen die Typen doch nie im Leben, jedenfalls nicht im wirklichen Leben! »Sachen gibt's«, sagte ich, »die gibt's gar nicht.«

Wyatt zog jetzt zu meinem Schreck eine Pistole aus dem Hosenbund, blickte nachdenklich auf den Lauf und schob die Waffe dann in eine Packtasche des Motorrads.

»Huch?« Billy zuckte zusammen. »Warum hast du denn die Knarre in der Hose gehabt?«, fragte er mit affektierter Befremdung.

»Weil ich nicht wusste, ob der Herr Musikus, der da nachts an der Straße stand, tatsächlich einer ist.«

»Na, jetzt weißt du's ja«, sagte Billy neckisch.

Und ich fand es irgendwie beruhigend, dass mein Misstrauen auf Gegenseitigkeit beruht hatte.

Wyatt breitete eine Decke im Gras aus und zog aus der Packtasche Brot, Käse, Salami und eine Flasche Wein. »Greif zu«, sagte er. »Kaffee gibt's dann später in B.«

Wein gehörte nicht zu meinen normalen Frühstücksgewohnheiten, aber normal ging es hier ja auch nicht zu, und also trank ich auch von dem Silvaner, der übrigens erstklassig war. Nachdem wir gegessen und die Flasche geleert hatten, hielt Wyatt uns eine Schachtel Zigaretten hin. Er gab mir Feuer und steckte sich dann selbst eine an, und wie die Flamme des Feuerzeugs vor seinem Gesicht aufleuchtete und wie er dann die Zigarette zum Mund führte und dabei Ringfinger und kleinen Finger etwas abspreizte, kitzelte mich eine Erinnerung, ein Reiz des Wiedererkennens, schwach nur wie ein unscharfes Foto. Es zeigte einen Mann, der einen weißen Anzug trägt, im Zwielicht an der Balustrade lehnt und sich mit genau dieser Geste eine Zigarette anzündet, wobei der Schein des Feuerzeugs über seine Zorromaske flackert. War das die Möglichkeit? Konnten dieser Wyatt und der Lover meiner Wunderschönen ein und dieselbe Person sein? Wenn Wyatt im Lindenhof gewesen war und meinen bescheuerten Auftritt erlebt hatte, dann war das durchaus möglich, wenn nicht gar wahrscheinlich. Doch was trieb so einen Anzugträger dann in Lederkleidung und in Begleitung eines hübschen Burschen auf Motorrädern nachts durch Berg und Tal? Irgendwie passte das alles nicht zusammen. Oder der Traum nahm kein Ende oder die Narrischen Schwammerln bewiesen ungeahnte Langzeitwirkung oder der allzu frühe Wein verunklarte die Welt zu Romantik pur.

»Wo wollt ihr eigentlich hin?«, fragte ich, obwohl ich lieber etwas ganz anderes gefragt hätte.

»Nach Italien«, sagte Wyatt. »Nach Rom.«

»Motivsuche«, sagte Billy und kicherte albern.

»Wir sind nämlich Maler«, sagte Wyatt.

»Künstler«, sagte Billy kokett.

»Ach, tatsächlich?« Damit hatte ich nun gar nicht gerechnet, obwohl man ja auch niemandem an der Nasenspitze ansehen konnte, ob er Klempner oder Künstler, Dichter oder Dachdecker war.

»Und wo willst du hin?«, fragte mich Wyatt. »Immer nur geradeaus?«

»Nach Süden«, sagte ich. »Griechenland meinetwegen, Spanien. Egal. Aber Italien klingt auch gut. Warum nicht?«

Wir schwiegen eine Weile, dösten in der höher steigenden Sonne. Wyatt, der am Stamm einer Buche lehnte, fielen die Augen zu, und er begann leise vor sich hin zu schnorcheln. Nach der schlaflosen Nacht und dem weinseligen Frühstück war auch ich hundemüde, verschränkte die Hände im Nacken und streckte mich für ein Nickerchen im Gras aus. Billy hingegen war noch recht munter, klopfte er doch auf meinen Gitarrenkoffer und fragte, ob er das Instrument mal ausprobieren dürfe. Wahrscheinlich wollte er nur auf Nummer sicher gehen, dass ich kein Maschinengewehr mit mir herumschleppte. Ich nickte gähnend.

Er nahm die Gitarre vorsichtig aus dem Koffer, sah sie fachmännisch prüfend an, sagte, das sei ein wirklich schönes Stück, setzte sich damit auf einen Baumstumpf, schlug ein paar Akkorde an, zupfte recht routiniert einige Arpeggios, summte eine Melodie und sang dann halblaut vor sich hin. Die Morgensonne schien auf sein blasses Gesicht, seine dekorative Haarsträhne und die schwarzen Augen, die, während er sang, einen verliebten Schmelz annahmen. Er sang *Ballad Of Easy Rider*, einen guten Song, den ich, schon halb schlafend, in Gedanken mitsang. Wieso sang er jetzt ausgerechnet den? Okay, er passte zum Stand der Dinge, aber war da nicht noch etwas mit *Easy Rider* und Wyatt und Billy? Ach ja, natürlich, so hießen doch die beiden Typen im Film. Peter Fonda war Wyatt und Dennis Hopper war Billy. Dass die Burschen, mit denen ich nun unterwegs war, im wirklichen Leben nicht Wyatt und Billy hießen, war mir längst klar. Ich war ja auch nicht Jack Nicholson, der im Film als schräger Rechtsanwalt auf Wyatts Harley-Chopper mitfahren darf. Oder träumte ich womöglich, ein Schauspieler zu sein, der Jack Nicholson spielte, der einen Anwalt spielte? Und weil ich so abgrundtief müde war, vermischten und verknüpften sich die Filmbilder, die Worte und die Melodie des Songs immer untrennbarer mit der Realität dieses hellen Morgens, bis alles als ein blaues Band durch die Luft flatterte und mich in Schlaf und Traum wiegte.

Als ich zurück in den Tag fand und die Sonne mir wie durch rotgoldene Jalousien durch die geschlossenen Augen schimmerte, hörte ich die beiden Maler leise miteinander sprechen, verstand aber nicht, worum es ging.

»Hübsch ist er ja«, hörte ich Billy sagen und fragte mich geschmeichelt, ob womöglich ich damit gemeint sein konnte.

Offenbar war ich wirklich gemeint, denn Wyatt wurde nun lauter. »Deine Fehltritte mit Frauen hab ich dir nachgesehen, weil du sie immer bereut hast«, sagte er säuerlich. »Jetzt bagger aber bloß nicht unseren Musikus an. Der kann uns noch nützlich werden.«

»Ach, stell dich nicht so an. Ich will doch nur einen Musenkuss vom süßen Musikus«, hauchte Billy.

Ich und nützlich werden? Das kam ja gar nicht in die Tüte. Und von Billy geküsst werden wollte ich auch nicht. Mir wurde unbehaglich warm in der steigenden Morgensonne. Wenn allerdings die Verhältnisse zwischen Wyatt und Billy so waren, wie sie zu sein schienen, dann war Wyatt wahrscheinlich nicht der Lover der Superschönen. Man konnte natürlich auch in beiden Richtungen unterwegs sein, klar, aber zumindest Billy befuhr eine Einbahnstraße.

Ich schlug die Augen auf und reckte mich. Wyatt trieb zum Aufbruch. Billy lächelte schief und eingeschnappt, schüttelte sich die Locken aus dem Gesicht und trällerte irgendwas von *Azzurro* vor sich hin, während er sein Motorrad belud.

»Sempre con calma«, sagte er dann, griff zu der Flasche und verteilte den Rest des Weins auf unsere Gläser. »Auf uns drei«, rief er pathetisch, als wären wir die drei Musketiere oder die Drei von der Tankstelle. »Auf nach Italien.« Dann küsste er Wyatt, schielte dabei aber in meine Richtung und zwinkerte zweideutig.

Wir stießen an, es gab einen schönen Klang, und Wyatt schleuderte die leere Flasche hoch in den Morgenhimmel, wo das Glas grün in der blauen Luft funkelte. Wir saßen auf und fuhren talwärts. Der Fahrtwind blies mir frisch durch die Haare, und ich wunderte mich nicht einmal, dass meine neuen Freunde mich gar nicht gefragt hatten, ob ich noch weiter mitfahren wollte. Es war auch völlig egal, weil ich das Gefühl hatte, als würde ich fliegen lernen.

Warum Wyatt befürchtet hatte, zu früh in B. einzutreffen und deshalb Probleme bekommen zu können, habe ich bis heute nicht begriffen. Das ist aber auch kein Wunder, sind mir doch während und nach dieser merkwürdigen Reise allerlei Fragen offen und Zusammenhänge unklar geblieben. Vielleicht gab es auch gar keine Zusammenhänge, vielleicht war das alles nur ein rätselhaftes, willkürliches Spiel des Zufalls, ausgelöst durch meine Weigerung, zur Steigerung des Bruttosozialprodukts beizutragen. Oder der helle Wahn hoffnungsloser Verliebtheit spielte mir Streiche. Vielleicht aber haben mir auch die Narrischen Schwammerln nur ein romantisches Märchen erzählt. Wer weiß?

Jedenfalls führte uns Wyatt in B. gezielt zu einem Kaffeehaus. Nachdem wir dort auf der Terrasse ein zweites Frühstück verputzt hatten, verschwand Wyatt für eine Weile hinter einer Tür mit der Aufschrift *Privat,* kam kurz darauf sichtlich genervt und kopfschüttelnd wieder heraus und sagte zu Billy, das ganze Zeug sei nicht nach B., sondern nach O. geschickt worden. Das ganze Zeug? Klang das nicht verdächtig nach dunklen Geschäften? Waffenschmuggel? Warum hatte Wyatt eigentlich eine Pistole? Drogendealer? Natürlich, so musste es sein. Wyatt und Billy aus *Easy Rider* waren doch auch Dealer! Jedenfalls beginnt der Film damit, dass sie Kokain aus Mexiko über die Grenze schmuggeln und dann das ganze Zeug verticken. Und während ich noch im Spekulationsnebel stocherte und mich fragte, ob ich nicht besser daran täte, mich endlich von diesen zwielichtigen Gestalten abzusetzen, um meine eigenen Wege zu gehen, karriolten wir schon weiter Richtung Italien. Die Sonne lachte, die Luft duftete nach Rosmarin, Salbei und Thymian, der Fahrtwind rauschte mir wie Musik um die Ohren, und ich war frei und glücklich, ein Nichtsnutz zu sein.

SECHSTES KAPITEL

Ma il treno dei desideri
Nei miei pensieri, all'incontrario va

Paolo Conte/Vito Pallavicini
Azzurro

An der Grenze durchwühlten zuerst die österreichischen Zollbeamten penibel unser Gepäck. Ihre italienischen Kollegen mussten dann natürlich erst recht das Klischee widerlegen, schlampig oder korrupt zu sein, ließen uns die Satteltaschen und Rucksäcke auspacken und den Gitarrenkoffer aufklappen, ließen alles von einem Drogenspürhund besabbern und beschnuppern, fanden aber zu meiner Verwunderung nichts – nicht mein letztes Piece Shit, das ich in Alufolie eingewickelt und dann in eine Dose Niveacreme gedrückt hatte, nicht Wyatts Pistole, die er in irgendeinem doppelten Boden sehr gut versteckt haben musste. Dass das Kokain im Tank versteckt war, wusste ich ja aus *Easy Rider*. Die Zöllner hatten den Film aber wohl nicht gesehen. Sie blätterten schließlich nur noch mit ermüdender Gründlichkeit durch Fahndungslisten, die der deutschen RAF und den italienischen Roten Brigaden galten, fotokopierten unsere Pässe und winkten uns schließlich, vom Misserfolg ihrer demonstrativen Dienstgeilheit sichtlich frustriert, widerwillig über die Grenze.

»Arschlöcher«, befand Wyatt. »Fehlte nur, dass wir uns ausziehen mussten.«

Billy grinste. »Hach, das wäre doch ganz hübsch gewesen. Den mit dem Schnurrbärtchen fand ich echt süß.«

Wyatt sah ihn streng an, schüttelte den Kopf, sagte aber nichts, sondern gab heftig und unvermittelt Gas, sodass ich fast vom Motorrad gefallen wäre.

Am Spätnachmittag erreichten wir O., ein schläfriges, leicht verstaubtes Städtchen inmitten einer sanften Hügellandschaft. In der Pension, in der wir uns einquartierten und bereits erwartet wurden, schienen Wyatt und Billy Stammgäste zu sein, wurden sie doch von der Signora, die den Laden schmiss, mit Umarmungen, Wangenküssen und überhaupt großem Hallo begrüßt. Dabei fiel mir auf, dass Billy perfekt Italienisch sprach, Wyatt dagegen eher holprig.

Die beiden bezogen ein Doppelzimmer, mir wies die spindeldürre Wirtin ein Einzelzimmer zu. Ich duschte mir den Staub der Straße vom Leib, und weil bis zum Abendessen noch genügend Zeit blieb, unternahm ich einen Spaziergang in die umliegenden Hügel. Im Süden dehnte sich das Land, schien zu gähnen, fast schon bereit, sich in den Schlaf zu rollen, mildes Grün der Weinberge, auf die der untere Rand einer unglaublich roten Sonne sank, der Himmel im staubigen Geflimmer merkwürdig weiß, wie durchsichtig, die Luft trocken, und die aufkommende Abendbrise fächelte Heugeruch übers Land. Im Farbenspiel seiner Trikolore hieß Italien mich willkommen.

Zur Pension gehörte eine Trattoria, die nicht nur von den Logisgästen frequentiert wurde, sondern auch bei den Einheimischen beliebt zu sein schien. Als ich von meiner kleinen Flanerie zurückkam, empfingen mich Essensdüfte und Tabaksqualm, Gelächter und muntere Gespräche. Die Tische waren fast alle besetzt, aber die Wirtin wies mir einen Platz am Fenster zu, wo für drei Personen gedeckt war. In einer kuriosen Mixtur aus Italienisch, Französisch und einigen rätselhaften Wortgebilden, die möglicherweise Deutsch sein sollten, erklärte sie, was das Haus an Tagesgerichten zu bieten hatte. Dabei gestikulierte sie sicherheitshalber in Richtung einer Tafel über dem Tresen, auf der das alles auch geschrieben stand, allerdings in einer Handschrift, die so schwer entzifferbar war wie das Kauderwelsch der guten Frau verständlich. Ich entschied mich für *Lasagna al ragù della nonna Sophia* und den *Vino bianco della casa*. Essen und Wein wurden prompt serviert und schmeckten märchenhaft. Anschließend setzte mir die Signora auch noch ungefragt ein Tiramisu vor, das so sensationell italienisch schmeckte wie sein eigenes Klischee. Zur Krönung des Ganzen brachte sie verheißungsvoll lächelnd ein Glas Grappa, ebenfalls *della casa,* was wohl ein Euphemismus für Schwarzbrand war, der aber gar nicht in der Kehle brannte, sondern runterging wie Öl.

Ich wunderte mich, dass Wyatt und Billy nicht zum Essen erschienen, war der Tisch doch für drei Personen gedeckt, und fragte die Wirtin.

Wyatt und Billy? Sie schüttelte verständnislos den Kopf. Nie gehört.

Wie das? Die beiden Biker, mit denen ich angekommen sei, habe sie doch so herzlich wie Familienmitglieder begrüßt.

Sie lachte. »Sì, sì, certo, naturalmente«, aber die hießen natürlich nicht Billy und Wyatt. »I ragazzi si chiamano Leo e Guido.« Und ich solle lieber nicht auf sie warten, weil die Ragazzi nämlich noch zu tun hätten. »Un traffico. Capisci?« Und damit schenkte sie mir wie zum Trost Grappa nach und watschelte zurück in die Küche.

Leo und Guido also. Guido und Leo. Fragte sich nur, ob Wyatt Guido und Billy Leo oder Billy Guido und Wyatt Leo war. Und was man unter »un traffico« zu verstehen hatte, war ja wohl jedem klar, der wusste, was Shit, Gras oder Koks bedeutete. Maler auf Motivsuche wollten sie sein? Für wie naiv hielten sie mich? Wenn das Maler waren, dann war ich --- tja, was?

Nachdenklich nippte ich am Grappa, als auf einmal ein sehr dünner Mann, der bis jetzt in einer dämmrigen Ecke allein beim Wein gehockt hatte, wie eine Riesenspinne auf mich zuwuschte. Er hatte eine Adlernase, zauselige rotblonde Haare und Koteletten, trug ein abgewetztes schwarzes Nadelstreifenjackett und dunkelrote Samtjeans.

»Grüß Gott«, sagte er, »darf ich?«, deutete auf einen Stuhl, wartete meine Antwort aber gar nicht ab, sondern setzte sich zu mir, winkte zum Tresen, dass man meine Weinkaraffe nachfüllen sollte, und bot mir ein Zigarillo an. In fließend falschem Deutsch, das er offensichtlich für perfekt hielt, sprudelte er los. Dass er mehrere Jahre in Deutschland verbracht habe, in Wolfsburg bei VW, wobei ich natürlich sofort ans Verwöhnwochenende des Schlosshotels denken musste, dass er Deutschland bewundere von wegen Sauberkeit, Ordnung, Effektivität, Fleiß, Disziplin, all diese Begriffe aus dem Wörterbuch meines Vaters & Co., dass er die deutsche Küche liebe, Eisbein mit Sauerkraut, Grünkohl mit Pinkel, Pfälzer Saumagen, und das deutsche Bier sowieso das beste der Welt sei. Sogar der deutsche Fußball sei dem italienischen, nein, nicht überlegen, so weit wolle er dann doch nicht gehen, aber immerhin ebenbürtig, fast, und dann lachte er meckernd vor sich hin und sagte: Müller, Beckenbauer, Schwarzenbeck. Darauf hob er sein Glas, stieß mit mir an und fragte, woher ich käme, hatte aber noch nie von meiner norddeutschen Heimatstadt gehört. Dann senkte er die Stimme und fragte, woher ich denn eigentlich diese Rocker kennen würde, mit denen ich hier angekommen sei. Ob das etwa meine Freunde und ob wir auf dem Weg nach Rom seien.

Ich gab keine Antwort, sondern zuckte nur mit den Schultern. Warum fragte er mich das? Was ging ihn das überhaupt an? Der Typ wurde mir lästig, auch ein wenig unheimlich, und das Zigarillo schmeckte mir auch nicht. Es war fast Mitternacht, und obwohl ich gähnte und demonstrativ auf meine Uhr sah, blieb er sitzen.

Schließlich floh ich auf die Toilette, neben der es einen Hinterausgang gab, der in einen Obst- und Gemüsegarten und in die laue Sommernacht führte. In der Ferne über den Weinbergen schien es zu gewittern. Wetterleuchten, dem kein Donner folgte, zuckte dort lautlos über den Himmel, während hier der Mond sein Licht wie ein weißes Laken über die Beete, Bäume und Sträucher legte. Aus zwei oder drei Fenstern, die zum Garten wiesen, brachen Lichtstreifen in die Nacht, und plötzlich wurde eine Balkontür geöffnet. Dann klimperte jemand ein paar Töne auf einem Saiteninstrument, das ich im ersten Moment für eine Mandoline hielt, weil Mandoline und Mondschein zum Mythos einer italienischen Nacht gehörten wie Quetschkommode und Sturmgebraus zum Klischee der Nordseeküste. Es war aber keine

Mandoline, sondern eine Ukulele, die da ins Dunkel hinausschrammelte und einen leisen, wie fragend einsetzenden Gesang begleitete.

Das Lied kannte ich in der rabaukigen Lebenslust Adriano Celentanos, aber nun klang es so zart in die Nacht hinaus, als würde es von einem Mädchen gesungen. Und ich wusste auch, wer es sang, hatte ich Billy doch schon *Ballad Of Easy Rider* singen hören. Ich verstand nur ein paar Brocken Italienisch, wusste aber, dass *azzurro* blau hieß, weshalb ich mir immer, wenn ich das Lied hörte, einen blauen Sommerhimmel und ein blaues Meer vorstellte, doch so, wie Billy es sang, wurde *azzurro* zum tintigen Blau einer Sommernacht.

Leider wurde die sensible Serenade abrupt und grob unterbrochen. »Hör endlich mit deinem Scheißgesäusel auf!«, brüllte nämlich Wyatt, der offenbar gerade auf den Balkon herauskam. »Das macht die Sache auch nicht besser! Du hast es endgültig versaut!«

Billy verstummte.

Was war denn nun wieder los? Ich spitzte die Ohren. War womöglich beim ominösen *traffico* etwas schiefgelaufen?

»Es reicht!«, schrie Wyatt. »Ich hab dich zigmal gewarnt! Ich kann das schon längst nicht mehr ertragen!«

Was meinte er bloß? Doch nicht etwa Billys Sangeskünste? Die waren nämlich ganz passabel. Billy erwiderte etwas auf Italienisch, mindestens so erregt wie Wyatt und etwa doppelt so laut.

»Was soll das heißen, kleiner Flirt?«, brüllte Wyatt wieder auf Deutsch. »Wenn's wenigstens ein Mann wäre! Aber mit 'ner Tussi? Hör bloß auf mit deinem ewigen Bi. Bibibibibi! Von mir aus kannst du auch tri oder quattro sein. Ich könnte dich ---«

»Ach ja, könntest du?« Billy bot Paroli. »Ausgerechnet du, der du heiraten willst. Und zwar eine Frau! Willst mich verlassen wegen einer ---, einer Frau?«

Heiraten? Eine Frau? Da musste ich mich wohl verhört haben, zumal Billy nun einen melodramatisch anschwellenden italienischen Wortschwall vom Stapel ließ. Spätestens jetzt musste die ganze Pension erwacht sein und Zeuge eines Beziehungskrachs werden, der auf dem nächtlichen Balkon wie eine drittklassige Theaterinszenierung wirkte.

»Ja, gut, mach doch, was du willst! Dann hau doch ab, du Arschloch, und sing deinen Damen was vor! Hier!« Holz splitterte. »Und hier!« Saiten sprangen seufzend. »Und hier!« Der hässliche Dreiklang kündete vom tragischen Ende der Ukulele.

Die Balkontür wurde zugeknallt, und es trat wieder Stille ein. Auch im Restaurant war jetzt Feierabend. Ich ging in mein Zimmer und legte mich aufs Bett, konnte aber nicht einschlafen, weil der Raum so stickig war und mir so viele wirre Gedanken und offene Fragen durch den Kopf schwirrten. Ihr Ehekrach ging mich nichts an, aber morgen würde ich Wyatt alias Guido und Leo alias Billy respektive umgekehrt oder wie auch immer, morgen also würde ich sie zur Rede stellen oder auch nicht und mich dann allein auf den Weg machen, den ich gar nicht kannte, oder vielleicht lieber doch nicht, und ich dachte auch an die liebeslustige Anna, aber nur ganz kurz, und dann geisterte wieder einmal die Weltschönste aus dem Lindenhof unerreichbar durch meine Gedanken, während die Nachtluft sanft durchs offene Fenster sickerte, nach blühenden Zitronen duftete, nach Basilikum und reifen Tomaten und Wein und mich zurück ins Freie lockte. Schließlich nahm ich meinen Schlafsack, schlich durch die Hintertür, machte es mir auf einer Gartenbank bequem und schlief ein.

Motorengeräusch brummte durch meine Träume, riss mich aus dem Schlaf. Über den Hügeln dämmerte es, und die Morgenkühle überrieselte mich wie eine kalte Dusche. Ich stand auf und sah zum Balkon hinauf. Oben war alles still. Nur ein verspäteter Nachtwind ging noch durch die Weinranken, die sich bis in die Fenster reckten, und in diesem Moment wusste ich, dass mich Wyatts und Billys Motoren geweckt hatten. Ich lief ins Haus und hastete die Treppe hinauf. Die Tür stand offen, das Doppelbett zerwühlt, das Zimmer leer, keine Lederkleidung, kein Helm, kein Gepäck. Die Vögel waren ausgeflogen. Trümmer der Ukulele, auf der Billy gestern Nacht so schön *Az-*

zurro gespielt hatte, waren auf dem Fußboden verstreut. Auf dem Tisch lag ein prall gefüllter Briefumschlag, auf dem in Großbuchstaben FÜR DEN HERRN MUSIKUS stand. Ich riss den Umschlag auf. Er enthielt Geldscheine, und selbst wenn man sich die drei Nullen wegdachte, die den Unterschied zwischen Lire und D-Mark ausmachten, ergab sich immer noch eine recht fette Summe. Im Umschlag steckte auch noch ein Zettel.

Hallo Musikus,
wir mussten leider sehr schnell verschwinden,
ohne uns von Dir verabschieden zu können.
Wenn Du diese Nachricht liest, sind wir schon auf
dem Weg nach Rom. Wir lassen Dir aber einen
Wagen schicken, mit dem auch Du weiterkommst.
Der Fahrer wird Dich übrigens für Guido halten.
Lass ihn bitte in dem Glauben. Damit hilfst Du uns
und schadest keinem, auch Dir selbst nicht.
Das Geld ist für Deine Auslagen. Mach Dir
bloß keine Gedanken, was das alles zu bedeuten hat
und wie alles zusammenhängt. Manchmal verstehen
wir es selber nicht so genau, aber alles wird gut.
Leo und Guido alias Wyatt und Billy

Was das nun wieder sollte! Alles wird gut? Wollten diese zwielichtigen Gestalten mich etwa in ihre dunklen Machenschaften hineinziehen? Das viele Geld stammte garantiert aus ihren Deals, aus dem *traffico*. Wie sollte ich mir da wohl keine Gedanken machen können? Auch ob Leo Wyatt und Billy Guido oder Guido Wyatt und Leo Billy war, wusste ich immer noch nicht. Und um die Verwirrung komplett zu machen, sollte ich jetzt auch noch für Guido gehalten werden? Ich verstand nicht mal mehr Bahnhof. Und die Geldscheine waren wahrscheinlich Blüten.

Ich hörte, dass es in der Küche bereits rumorte, und ging hinunter. Die Signora war nicht da, sondern nur ein Mädchen im Teenageralter, das Geschirr und Bestecke aus einer Spülmaschine räumte. Sie sprach ein hüftsteifes, gut verständliches Schulenglisch, wusste aber nicht, warum sich Guido und Leo aus dem Staub gemacht hatten, geschweige denn, wohin. Den Streit auf dem Balkon hatte sie natürlich gehört – den hatte ja die komplette Pension einschließlich der weiteren Nachbarschaft mitbekommen. Allerdings war sie mitten in der Nacht noch einmal aufgewacht, weil sie gehört hatte, wie ein Motor angetreten wurde. Sie hatte aus ihrem Kammerfenster geguckt und gesehen, wie einer auf sein Motorrad gestiegen und abgefahren war. Wer von den beiden es war, konnte sie nicht erkennen. Und dann war auch der dürre Mann, der sich gestern Abend zu mir gesetzt, auf mich eingeredet und diese komischen Fragen gestellt hatte, hastig aus dem Haus gelaufen und auf einer Vespa hinter dem Motorrad hergefahren. Das alles war ihr sehr verdächtig vorgekommen, zumal der unheimliche Mensch für die Nacht ein Zimmer in der Pension gebucht, aber noch nicht bezahlt hatte. Vor einer Viertelstunde war dann auch der andere Biker, der ältere, abgereist. Der hatte sie noch gebeten, mir auszurichten, dass ich heute Nachmittag abgeholt würde.

Und ob ich vielleicht einen *Caffè* wolle?

»Sì, sì«, sagte ich, »Cappuccino, please«, und wusste weder, was hier gespielt wurde, noch wie es weitergehen sollte.

SIEBTES KAPITEL

Well we know where we're going
But we don't know where we've been
And we know what we're knowing
But we can't say what we've seen

David Byrne (Talking Heads)
Road To Nowhere

Als Kind hatte ich gern Autoquartett gespielt, ein sehr simpler Zeitvertreib, der weder Erfahrung noch Spielwitz erforderte, sondern reine Glücksache der Kartenverteilung war. Hätte ich es aber nicht gespielt, dann hätte ich auch nicht gewusst, dass das putzige Wägelchen, das soeben vor der Pension hielt, ein Fiat *Giardiniera* war, die Gärtnerin, ein Miniaturkombi auf Basis des Winzlings Fiat 500. Die Hupe quäkte eine temperamentvolle Ich-bin-schon-da-Fanfare, und ein kleiner grauhaariger Mann in einem abgewetzten blauen Anzug stieg aus.

»Buongiorno, signore«, sagte er lächelnd und streckte mir die Hand entgegen. »Sei Guido?«

»Ich, äh ---, ja«, stotterte ich, der ich mir meiner neuen Identität noch nicht so recht bewusst war, »ich meine, sì, sì, sono Guido.« Viel mehr konnte ich auf Italienisch sowieso nicht sagen.

»Molto bene. Mi chiamo Marco.« Er zeigte auf meinen Rucksack und die Gitarre, die ich auf einer Bank vorm Haus abgestellt hatte. »È questo il bagaglio di Lei?«

Ich nickte. »Sì, sì.«

Er öffnete die Heckklappe und verstaute mein Geraffel in der *Giardiniera.* »Andiamo«, sagte er, öffnete mir die Beifahrertür und ich stieg ein. Er klemmte sich hinters Steuer, dann töffelten wir los.

Am Ortsausgang schoss plötzlich eine Vespa aus einer Seitengasse, nahm uns die Vorfahrt, sodass Marco scharf bremsen musste. Der Roller fuhr einen Moment langsamer, der Fahrer duckte sich tief über den Lenker, versuchte offenbar, durch die staubige Windschutzscheibe ins Innere der Gärtnerin zu linsen, und verschwand dann knatternd in einer Seitenstraße. Auch wenn ich ihn nur verschwommen gesehen hatte, war ich mir sicher, dass es der verdächtig neugierige Mensch aus der Pension war. Marco schickte ihm einen Sturzbach von Flüchen hinterher.

Während wir durch eine liebliche Hügellandschaft südwärts fuhren, redete mein Chauffeur pausenlos vor sich hin oder auf mich ein. So genau ließ sich das nicht unterscheiden, aber es war auch völlig egal, weil er damit zufrieden zu sein schien, dass ich gelegentlich verständnisinnig nickte, freundlich lächelte und manchmal »sì, sì« murmelte. Als wir die Autostrada Richtung Rom erreichten, drückte Marco voll auf die

Tube, sodass die Tachonadel sich manchmal sogar in die Nähe von Tempo 100 hochzitterte. Die staubblinden Seitenfenster hatten wir heruntergekurbelt, und das war nicht nur wegen der Hitze notwendig. Marco war nämlich Kettenraucher und hielt auch mir immer wieder die Schachtel mit filterlosen *Nazionali Esportazione* unter die Nase. Von Selbstgedrehten à la *Schwarzer Krauser* bis zu *Gitanes* ohne Filter warf mich so schnell nichts um, aber die *Nazionali* waren ein Knaster härtesten Kalibers, scharf im Hals, quarzig in der Lunge. Der dunkelgraue, nach verbranntem Stroh müffelnde Rauch entwich aus den offenen Fenstern und verband sich mit den Auspuffgasen zu einer Wolke, die übler gestunken haben muss als Pech und Schwefel.

Die Landschaft verlor immer mehr von ihrer bukolischen Sanftheit, je näher wir Rom kamen. Unter der weiß glühenden Hitze wucherten Vorstädte in die Campagna, die anfangs noch leidlich gepflegt wirkten, nach und nach aber zu erbärmlichen Slums verkamen. Der Fahrtwind kühlte nicht mehr, und die Luft, die ins Wageninnere kroch, roch bleiern und faulig. Ich hatte das Gefühl, durch eine gottverlassene, menschenleere Unterwelt zu reisen: Verlassene oder aufgegebene Betonbauten wie auf manchen Bildern de Chiricos, verfallene Wellblechschuppen und Baracken, zwischen denen vielleicht eine magere Kuh, eine Ziege oder ein Esel am verbrannten Gras rupfte,

Autowracks, brennende Reifenstapel, Abfalldeponien und Müll ohne Deponien, Kanister, Benzinfässer und rostige Blechtonnen, aus denen schwarzer Rauch in den absurd blauen Himmel quoll. Und während ich noch fürchtete, dass mich ein Flashback der Narrischen Schwammerln auf einen Horrortrip gebracht haben konnte, bog Marco von der Autostrada ab, folgte jedoch nicht dem Richtungsschild ROMA, sondern fuhr nach Osten.

»Halt! Stopp!«, rief ich und deutete nach Westen, wo die Sonne in einem Meer aus Glanz bereits tiefer sank. »Roma! Wir wollen doch nach Rom. Nach Roma!«

Aber Marco nickte nur grinsend, sagte »sì, sì«, warf eine Zigarettenkippe aus dem Fenster, klemmte sich die nächste *Nazionali* in den Mundwinkel und steckte sie mit dem blakenden Sturmfeuerzeug an, dessen Flamme dem Fahrtwind wacker standhielt.

Gestank und Hässlichkeit der Slums blieben schon bald hinter uns zurück. Die wenig befahrene, kurvenreiche Landstraße führte in eine Berglandschaft hinein. Vereinzelte Gehöfte lagen pittoresk an den Hängen, es roch nach Heu und Zitronen, und allmählich wurde die Bewaldung dichter. Eichen, Kastanienbäume und Pinien säumten die Straße, und der süßliche Duft von Harz mischte sich mit herbem Lorbeeraroma. Für eine Weile hörte Marco sogar zu qualmen auf, als wollte er diesen Balsam der Luft nicht mit

Nikotin kontaminieren. Mir wurde das Ganze jedoch immer verdächtiger. Angst hatte ich eigentlich nicht, aber mir war doch unbehaglich zumute, und dies Unbehagen steigerte sich, je einsamer die Gegend und je schmaler die Straße wurde. Der Asphalt endete, die Straße ging in eine Schotter- und Kiespiste über und mündete schließlich in einen von niedrig hängenden Ästen und Strauchwerk überwachsenen Hohlweg. Gegenverkehr gab es hier keinen mehr.

Wohin wurde ich gebracht? Und warum überhaupt? Was war das für ein ominöses Versteckspiel, in dem ich als Guido auftreten sollte? Und was, wenn das gar kein Spiel war, sondern bitterer Ernst? Was, wenn ich das Opfer einer Entführung geworden war? Was, wenn Wyatt und Billy Mitglieder der Roten Brigaden waren? Dann würden sie versuchen, für meine Freilassung Lösegeld zu erpressen. Aber wer um alles in der Welt würde für einen saumseligen Taugenichts wie mich Lösegeld zahlen? Mein Vater? Der würde sich ins Fäustchen lachen und zu meiner Mutter sagen: »Das hat der Lümmel jetzt davon.« Oder, schlimmer noch, er würde zwar Lösegeld zahlen, daran aber die Bedingung knüpfen, dass ich nach Hause zurückkehrte, um endlich zum & Sohn seiner bescheuerten GmbH und Co. KG zu werden. Das kam ja gar nicht in die Tüte. Nie im Leben! Jedenfalls nicht in meinem! Vielleicht würden die Roten Brigaden aber mit ihren Geiseln auch so verfahren, wie es anno Tobak die Piraten taten, wenn sie ihre Gefangenen vor die Wahl stellten, über die Planke gestoßen zu werden oder sich ihnen anzuschließen, um die Piratenlaufbahn einzuschlagen. Dann würde ich mich natürlich für die Roten Brigaden entscheiden und beschwören, immer schon ein glühender Verfechter der permanenten Revolution gewesen zu sein. Und Marco? War das mein Entführer oder mein Chauffeur? Ein Terrorist oder ein Taxifahrer? Selbst wenn ich genug Italienisch gekonnt hätte, um ihn zu fragen, wohin diese rätselhafte Reise führen sollte, hätte ich vermutlich keine Antwort, sondern nur ein Grinsen und den Rauch einer Filterlosen ins Gesicht bekommen.

So ging es mir kreuz und quer und schief und krumm durch den Kopf, aber in dem Wirrwarr verbargen sich auch Wörter, die zu Zeilen werden wollten, Bruchstücke, die sich dann ein paar Tage später in einem neuen Song wiederfinden sollten.

Frag nie, wohin die Reise geht
Im Zug nach nirgendwo
Du fährst als blinder Passagier
Auf eignes Risiko

> *Frag nicht die Fische nach dem Meer*
> *Nicht die Wolken nach dem Wind*
> *Nach ihrem Lied frag nicht die Nachtigall*
> *Frag nicht nach Rauch und Schall*
> *Nicht die Wolken nach dem Wind*

Frag nie, wohin die Reise geht
Auf diesem Geisterschiff
Für das es keinen Hafen gibt
Nur noch ein letztes Riff
Frag nicht die Fische nach dem Meer
Nicht die Wolken nach dem Wind
Nach seinem Duft frag nicht den Rosenstrauch
Frag nicht nach Schall und Rauch
Nicht die Wolken nach dem Wind
Frag nie, wohin die Reise geht
Im Flug von hier nach da
Du brauchst auch keinen Boarding Pass
Zum Flug ins Nirwana

Am Spätnachmittag erreichten wir eine Hochebene, durch die eine von Zypressen gesäumte Allee schnurstracks auf ein Gebäude zuführte. Die Baumwipfel ragten wie dunkelgrüne Flammen in den sich rötenden Himmel. Kies und Mergel zerplatzten unter den Reifen der *Giardiniera,* als wir auf das Haus zufuhren. Über einem wuchtigen Erdgeschoss erhob sich eine von Säulen getragene Arkade, die das Obergeschoss umgab. Die von Steinquadern gerahmten, grün gestrichenen Fensterläden und Türlaibungen sahen solide aus, als würden hinter ihnen Versprechen gehalten und Geheimnisse gewahrt. Ihr Grün war noch tiefer als das der bewaldeten Hügel und Berge des Hinterlands, und die ockergelbe Tünche der Wände wurde von dunklen Stockflecken gesprenkelt. Im Zittern von Luft und Licht wirkte das verwitterte Ziegelrot des Schrägdachs wie ein sanft bewegter Samtstoff. Als Wächter ragten links und rechts des Portals uralte Platanen hoch übers Dach hinaus. Der Anblick besänftigte meine Befürchtungen, vielleicht, weil die zurückhaltende, fast schweigsame architektonische Geste etwas Beruhigendes verströmte und mit ihrer sanften Souveränität bewies, dass wahre Schönheit auf selbstbewusster Bescheidenheit beruht. Diese Villa konnte nie und nimmer ein Gefängnis sein, sondern allein ein Haus der Zuflucht und Muße.

Marco hupte seine muntere Ich-bin-schon-da-Fanfare, parkte den Wagen unter einer der Platanen, und wir stiegen aus. Auf der niedrigen Treppe, die zum Eingang führte, erwartete uns ein großer, sichtlich übergewichtiger Mann, dessen Erscheinung man zu Zeiten Eichendorffs stattlich genannt hätte. Er trug eine weißblau gestreifte Latzhose, hatte schulterlange, volle Haare und einen mächtigen Schnauzbart, womit er wie eine Mischung aus David Crosby, Obelix und einem Seehund aussah.

Er ging auf mich zu und umarmte mich wie einen alten Bekannten. »Benvenuto, Guido!«, rief er laut und akzentuiert, als müsste er bestätigen, dass ich der war, der ich sein sollte, und nicht der, der ich war. »È passato molto tempo da quando ci siamo incontrati.«

Das verstand ich nicht, aber die Worte galten wohl Marco, der sie offenbar verstehen sollte. Mir galten allerdings Worte, die er mir dringlich auf Deutsch zuraunte: »Ich heiße Sebastian. Und solange du hier unser Gast bist, heißt du Guido. Capito?«

Ich nickte und sagte lässig: »Geht klar. Ich bin im Bilde«, obwohl ich nicht den leisesten Schimmer hatte, was für ein Bild hier gemalt wurde, wer es warum malte und welche Rolle mir darin zukam. Klar war fürs Erste nur, dass ich ein anderer zu sein hatte, ein ganz bestimmter anderer zumal.

»Na prima«, sagte Sebastian, wechselte ein paar italienische Worte mit Marco und führte uns dann durch die Diele in eine geräumige Küche. Durch die Fenster fingerte die satte Sonne des Spätnachmittags übers Braunrot der Terrakottafliesen. An der Wand erhob sich ein mächtiger, aus Sandstein gemauerter Kamin, neben dem Tomaten, Peperoni, Zwiebeln, Zucchini und Maiskolben auf dem Boden lagen. Von den wuchtigen Deckenbalken hingen Knoblauchzöpfe, Salamiwürste und Schinken herab. In einer Ecke standen umflochtene Glasballons mit Olivenöl, ein hohes, gut gefülltes Weinregal und Regale mit Gläsern und Geschirr. An der anderen Wand hingen zwei große Spülbecken neben einem gewaltigen Herd, der noch mit Holz beheizt wurde, das aufgestapelt in einem Erker lag. An einem langen Tisch, dessen Platte aus einer einzigen enormen

Planke bestand, saß eine Frau und pulte dicke weiße Bohnen aus.

»Das ist Emilia«, sagte Sebastian, »meine Frau. E questo è Guido«, sagte er zu ihr gewandt, und er sagte es wiederum so überaus akzentuiert und ostentativ, als könnte irgendjemand, Marco zum Beispiel, je auf die Idee kommen, dass ich nicht Guido heißen könnte.

Die Frau stand auf und gab mir einverständig lächelnd die Hand. Sie war zierlich und drahtig, einen Kopf kleiner als Sebastian, und obwohl ich sie auf Mitte dreißig schätzte, lauerten in ihren schwarzen Locken bereits einige silbergraue Strähnen. »Benvenuto nella Villa Maria Ioana«, sagte sie.

Wie bitte? Marihuana? Ich musste mich wohl verhört haben.

»Okay«, sagte Sebastian, »dann zeige ich dir jetzt erst mal dein Zimmer.« Er führte mich über eine schmale Hintertreppe ins Obergeschoss, das von der umlaufenden Arkade wie ein Stein gewordenes Band gesäumt wurde. »Wir treiben hier so allerlei«, sagte er grinsend. »Unter anderem betreiben wir eine Pension.«

Damit öffnete er eine der Türen, die vom Säulengang ins Innere des Hauses führten. Das Zimmer war geräumig, zwei kleine Fenster wiesen hinaus auf den Vorhof und die Zypressenallee, in deren Wipfeln die sinkende Sonne wie aufgespießt hing und blutrote Schlieren verströmte. Ich sah mich im Zimmer um. Die bilderlosen Wände, die Decke mit ihren massiven Balken weiß gekalkt, ein enormer Eichenschrank und ein von zierlichen Holzsäulen gerahmter Standspiegel aus einem vergangenen Jahrhundert, zwei durchgesessene, abgewetzte Ledersessel, ein Sekretär, ein Bett, so breit, dass es für drei gereicht hätte, und ein altmodischer Waschtisch mit Schüssel und Krug.

»Schön«, sagte ich, »wirklich schön«, und meinte es auch so.

Sebastian nickte grinsend. »Für unsere Gäste tun wir alles. Na ja, fast alles. Toiletten und Duschen sind neben den Treppenaufgängen. Die breitere Treppe führt runter zum Saal. Da wird dann um acht Uhr zu Abend gegessen. Und jetzt entspann dich erst mal.« Er wandte sich zum Gehen.

»Moment noch«, sagte ich, »wie soll ich entspannen, wenn ich nicht weiß, was hier gespielt wird. Warum bin ich hier? Warum sollen alle denken, dass ich Guido bin? Und wer sind eigentlich Wyatt und Billy?«

Sebastian schmunzelte. »Das sind Leo und Guido, und die beiden sind ein Paar.«

Das war mir ja nun hinlänglich bekannt. »Aber wer von den beiden ist Guido, mein Alter Ego?«

»Na, wer wohl?«, sagte Sebastian und kicherte. »Natürlich der, der so gerne singt und Gitarre spielt.

Deshalb bist du ja auch der ideale Guidodarsteller.« Dabei zeigte er auf den Gitarrenkoffer, den ich gegen die Wand gelehnt hatte.

»Aber ich bin nicht schwul«, sagte ich. »Nicht mal bi.«

»Ganz egal. Du sollst hier ja einfach nur anwesend sein und nicht die Rolle eines schwulen Latin Lovers spielen«, sagte Sebastian. »Den echten Guido habe ich übrigens noch gar nicht kennengelernt. Ich weiß nur, dass er der Lover von Leo ist. Und Leo ist ein alter Freund von mir, den ich aber auch lange nicht mehr gesehen habe. Er hat mich vor ein paar Tagen angerufen und dich angekündigt. Sobald er und Guido geregelt haben, was da auch immer zu regeln ist, meldet sich Leo wieder. Das wird aber mindestens eine Woche dauern. So lange bist du hier unser Gast und musst nichts weiter tun. Danach darfst du dann wieder der sein, der du im wirklichen Leben bist.«

Bei freier Kost und Logis fürs Nichtstun bezahlt zu werden, entsprach ziemlich genau meiner Idealvorstellung eines erfüllten Lebens. Trotzdem hätte ich gern Genaueres gewusst. »Na toll«, sagte ich, »aber um was geht es denn überhaupt? Was gibt es zu regeln?«

Sebastian zuckte mit den Schultern. »Das weiß ich auch nicht genau. Ehrenwort. Es wird sich früher oder später ja alles aufklären. Bloß keine Hektik und keine übertriebene Neugier. Hektik ist ungesund, und Neugier macht unzufrieden.«

Was sollte ich denn mit solchen altklugen Pseudoweisheiten anfangen? Gehörten zum Allerlei, das hier betrieben wurde, womöglich auch noch Selbsterfahrungsgruppen und Urschreitherapien oder Meditations- und Yogakurse, bei denen dieser fette Schnauzbart dann als Guru oder Therapeut auftrat? In dem Fall wäre ich vielleicht doch lieber Gefangener der Roten Brigaden gewesen.

Ich zog den Zettel, den ich in der Pension vorgefunden hatte, aus der Tasche und gab ihn Sebastian. Er las ihn und schmunzelte. »Tja, typisch Leo, der alte Geheimniskrämer. Tut mir leid, aber mehr weiß ich auch nicht. Und wenn ich mehr wüsste, dürfte ich es dir wahrscheinlich nicht verraten. Also, wir sehen uns beim Essen. Bis dann.« Und damit ließ er mich allein.

Ich ging durch die Arkade zu den Duschen, genoss es, wie im kühlen Rauschen des Wassers Schweiß und Staub und Stress von mir abfielen, Strudel bildeten und im Abfluss verschwanden. Zurück im Zimmer notierte ich mir die Songzeilen, die mir während der Fahrt im Kopf herumgespukt waren, und legte mich dann zu einer verspäteten Siesta aufs Bett. In den Fenstern funkelte das Abendrot, und in den Platanen gurrten die Tauben. Ein Motor wurde angelassen. Klang fast wie Ziegengemecker. Die *Giardiniera.*

Reifen rollten über den Kies. Marco machte sich also aus dem Staub. Was wusste der eigentlich? Viel konnte es nicht sein, weil er mich für Guido hielt. Möglicherweise sollte er seinem Auftraggeber berichten, dass er Guido hierhergebracht hatte. Sinn ergab das alles nicht. Oder doch? Wie hieß diese Pension doch gleich noch mal? Villa Marihuana! Was, dachte ich, dem Halbschlaf entgegendämmernd, betreibt man wohl noch so alles, wenn man seinen Laden so nennt? Deals. *Traffico.* Drogenhandel. Was denn sonst? Ich wusste Bescheid, blickte durch, gähnte und wanderte bereits durch einen schönen Traum, in dem alle Fragen offenblieben und sich dennoch alles mit allem zauberhaft verknüpfte.

Ein Klopfen an der Tür weckte mich. »Wer ist da?«

»La cena è servita, signore!« Die Stimme klang heiser, krächzend.

Bläuliches Zwielicht füllte die Fenster. Ich hatte die Worte nicht verstanden, aber weil mein Magen knurrte, musste es wohl ums Essen gehen. Ich schaute auf die Uhr. Schon fast halb neun. Abendessen. Endlich. »Ich komme!«

Die breitere Treppe führte direkt in den Saal, der durch einen offenen Durchgang mit der Küche verbunden war. In der Mitte des Raums stand ein enormer Tisch, länger und breiter noch als der in der Küche, an dem bereits sechs Personen saßen und mir neugierig entgegensahen. Mein kümmerliches Italienisch reichte immerhin zu einem *Buonasera,* das auf freundliche Erwiderung stieß. Der Tisch war noch für zwei weitere Personen eingedeckt, und ich setzte mich auf einen der freien Plätze. Ein Brotkorb und eine gewaltige Platte Antipasti wurden herumgereicht, mariniertes Gemüse, Salami, frittierte Sardinen.

Der neben mir sitzende Mann deutete auf Karaffen mit Wasser, Rot- und Weißwein. »Help yourself«, sagte er verbindlich lächelnd.

Ich half mir mit Wasser und Rotwein. Mein Nachbar hob sein Glas, die anderen taten es ihm nach. Er sagte: »Cheers!«, und wir tranken. Dann erklärte er mir, dass es üblich sei, Neuankömmlinge mit einer Vorstellungsrunde in der familiären Atmosphäre dieser Villa willkommen zu heißen. Die Tischgesellschaft bestand aus drei Paaren: Zwei mittleren Alters kamen aus England, ein jüngeres aus Mailand. Ein siebter, einzelner Gast, übrigens ein Deutscher, werde noch erwartet – oder auch nicht, handele es sich doch um »some kind of a character«, wie eine der Engländerinnen etwas spitz bemerkte. Und ich?

»From Germany, too.«

»What's your name?«

»My name is ---, ähm ---« Da hätte ich doch fast meinen Namen verraten, bekam aber grade noch die Kurve.

»Em? That's a funny name.«

»No, no, my name is Guido.«

Aus der Küche kamen nun Emilia und eine ältere Frau, der Ähnlichkeit wegen vermutlich Mutter und Tochter, und trugen Teller mit dampfenden *Spaghetti aglio e olio* auf.

»Buon appetito«, wünschte die ältere Frau mit der heiseren Stimme, die mich vorhin geweckt hatte.

Die Spaghetti schmeckten himmlisch, der Wein wuchtig, erdig. Die Plaudereien am Tisch waren freundlich und harmlos. Man tauschte sich über Sehenswürdigkeiten aus, über gastronomische Geheimtipps, über Wanderwege in der näheren Umgebung, über Fußballergebnisse, über römische Taschendiebe, über Filme, die man zuletzt gesehen hatte, *Zabriskie Point* zum Beispiel, über Bücher, die man grade las, zum Beispiel *The Doors of Perception,* wobei sich die beiden Engländer bescheidwisserisch zublinzelten, oder *The Blood Oranges,* in dem es darum ging, wie eine der Engländerinnen, charmant errötend, verriet, dass ein snobistischer Ästhet versucht, in einer Villa an der Adria eine Idylle vollkommener sexueller Freiheit zu schaffen, worauf die andere Engländerin dringend darum bat, das Buch schnellstmöglich ausleihen zu dürfen.

Zum Hauptgang gab es *Ossobuco* mit einem *Risotto Milanese,* das in höchsten Tönen zweisprachig als »exquisitely delicious« beziehungsweise

»incredibilmente delizioso« gelobt wurde und den Italiener dazu bewog, sein Glas zu heben und aufs Wohl der Köchin zu trinken, worin alle begeistert einfielen.

Übrigens erinnere ich mich an die Speisenfolge dieser *Table d'hôte* nicht zuletzt deshalb so detailliert, weil auch sie eindrücklich belegt, dass eine Gefangenschaft oder Internierung kaum jemals komfortabler gewesen sein dürfte als die meine in dieser gastlichen Villa. Und überhaupt war die Stimmung so ausgelassen, wie sie auf einer Urlaubsreise nur sein konnte oder jedenfalls sein sollte. Zwar war ich nicht als Tourist hier, sondern in einer Mission, die so streng geheim war, dass nicht einmal ich wusste, welchen Sinn und Zweck sie verfolgte, aber gefragt nach meinem Woher und Wohin konnte ich ja schlecht mit den Worten meines Songs antworten, ich sei ein blinder Passagier im Zug nach Nirgendwo. Ich antwortete also vage, dass ich demnächst in Rom zu tun hätte, was ja sogar der Wahrheit entsprach, und zuvor in dieser wunderschönen Villa ein paar Tage ausspannen wollte.

Bevor die Dolci serviert wurden, gingen die beiden Engländer nach draußen und kamen nach einigen Minuten mit einem Lächeln zurück, das so selig und zugleich so illegal war, dass es mich neidisch machte, weil ich wusste, dass ihnen das Tiramisu nun wie eine sensorische Offenbarung vorkommen würde.

Es schmeckte aber auch ohne bewusstseinserweiternden Geschmacksverstärker geradezu überirdisch.

Der mit Sandsteinplatten ausgelegte Saal bildete den Mittelpunkt des Hauses mit Zugängen zur Küche, zu einer Terrasse und dem Treppenaufgang zu den Zimmern. Auf einer Seite standen Sessel und Sofas vor einem Fernsehgerät, in dem eine Schlagershow lief, zum Glück ohne Ton. Daneben stand ein Klavier, das so aussah, als wäre auf ihm seit Ewigkeiten nicht gespielt worden. Auf dem Korpus stapelten sich Zeitschriften, Bücher und ein Strohblumenbouquet.

Auf dem Fußboden standen ein Plattenspieler und ein Stapel LPs. Die Italienerin legte eine Platte auf, die mit einer italienischen Coverversion von Bob Dylans *Desolation Row* begann, eine Kombination, die ich zuerst befremdlich fand. Auf der anderen Seite des Raums gab es einen Billardtisch. Die drei Männer luden mich zu einer Partie Pool ein. Wir bildeten Zweierteams und tauschten dann durch. Zuerst spielte ich mit einem der Engländer gegen den anderen mit dem Italiener. Zum Glück war ich damals ein mittelmäßiger Poolspieler und konnte auf dem Niveau der beiden Engländer mithalten, aber der Italiener war wirklich gut – mit ihm als Partner wurde jede Partie gewonnen. Zwischen den Partien brachte die alte Frau Caffè und Grappa, während im Hintergrund nun eine andere Platte lief, die mit zunehmender Dauer immer besser zur Atmosphäre des Abends passte. Bei manchen Liedern summte und sang das italienische Paar mit.

»Who's the singer?«, erkundigte ich mich.

»Fabrizio de André.«

»Sounds very good. Touching. What is the song about?«

Das Lied, erklärte mir der Italiener auf Englisch, heiße *Valzer per un amore* und sei eine Elegie auf unerwiderte Liebe und die --- »Vanità? How to say it in English?«

Vanitas wusste ich. Vergänglichkeit, Vergeblichkeit. Aber auf Englisch? Ich zuckte mit den Schultern. Liebe und Vergeblichkeit. Traurige Sache.

Wenn du, fuhr er fort, und mit du sei natürlich nicht ich gemeint, sondern die Frau, die die Liebe des Sängers verschmäht habe, wenn diese Frau, so in etwa der Text, wenn die also irgendwann alt geworden sei, dann werde sie sich an die Zeiten erinnern, die nie wiederkehren, und auch an die Lieder des Verschmähten, und wenn die Frau dann diese Lieder höre, werde sie sich wundern, dass damals einer ihre Schönheit besungen hatte, die Schönheit, die nun vergangen sei. Die Erinnerung werde sie zum Weinen bringen, weil sie eine Liebe verschmäht hat, die nie wiederkehrt. Oder so ähnlich, irgendwie. »È la vita.«

Ja, so war das wohl, das Leben an und für sich, von der Liebe ganz zu schweigen. Vergeblich. Vergänglich.

Mir kam es vor, als sei dies ein Lied über die Allerschönste, die mich verschmäht und bestimmt längst vergessen hatte. Ich bat den Italiener, mir den Text aufzuschreiben. Vielleicht würde ich eines Tages eine deutsche Version schreiben.

Frühstück oder jedenfalls das, was man in Italien dafür hält – ein Cappuccino mit einem Zimt- oder Mandelhörnchen –, konnte man sich aus der Küche holen, wo Sebastian an der gewaltigen Kaffeemaschine hantierte wie ein Lokomotivführer in Zeiten der Dampfloks. Vor der von Sonne ausgeglühten Südseite der Villa gab es eine Terrasse, auf der neben einer Sonnenuhr ein paar wackelige Tischchen unter einer Schatten spendenden Markise standen. Zwischen alten, hohen Bäumen gab es Aussichten auf bewaldete Bergkämme, die sich in blauer Ferne verloren. Direkt unterhalb des Sitzplatzes erstreckte sich ein Garten, der über bröckelnde Terrassen bergab verlief und einen verwilderten Eindruck machte. Buchsbaumbüsche, die früher wohl zu floralen Skulpturen geschnitten worden waren, streckten wie Figuren einer Geisterbahn lange Nasen, struppig hochschießende Haare und verkrüppelte Leiber von sich, sodass man bekifft in der Dämmerung das Gruseln hätte lernen können. In dieser freundlichen Schwermut aus wilden Blüten, Hummelsummen, ungemähtem Gras und Lorbeerduft huschten Eidechsen hin und her. Mitten durch den

Garten plätscherte ein Bach, schäumte über verwitterte Schalen und Füllhörner geborstener Tritonen talwärts und bildete weiter unten einen kleinen See, der türkis im Morgenlicht lockte.

Ich nahm die Einladung an. Das Wasser war klar und frisch. Nach ein paar Schwimmzügen überkam mich das Gefühl, beobachtet zu werden, ein undefinierbarer Kitzel, als träfen Blicke meine Haut. Ich schaute mich um, sah aber niemanden. Als ich jedoch aus dem Wasser stieg und mich auf einen der am Ufer aufgestellten Liegestühle setzte, spürte ich auf der Terrasse über mir eine Bewegung. Hinter einem dichten Maulbeerbusch, der voller schwarz glänzender Früchte hing, kam ein schmaler, blasser Mensch hervor. Er trug, wohl als Bademantel, eine Art Kimono, ging mit verschränkten Armen und langsamen Schritten auf und ab und tat demonstrativ so, als hätte er mich gar nicht bemerkt. Er setzte sich auf eine steinerne Bank, zog ein Buch aus der Kimonotasche, las, blickte, wenn er umblätterte, melancholisch oder, wer weiß, verzückt zum Himmel. Dann schielte er wieder zu mir hin, stützte den rechten Ellbogen aufs linke Knie und den Kopf auf die rechte Hand, als dächte er über etwas nach, und posierte damit unübersehbar als Rodins Denker. Erst jetzt fiel mir siedend heiß ein, dass ich ja nackt im Liegestuhl lag, und hatte plötzlich den Verdacht, dass die Posen und Blicke dieses dünnen Denkers nicht nur meinem hübschen Gesicht galten und dass ich ja den schwulen Guido mimen musste und der Jüngling auf der Steinbank vielleicht wusste, dass Guido seines Schlags war, und so weiter und so fort - - -

Also zog ich mir hastig die Unterhose an, darüber die Jeans und, der Vollständigkeit halber als deutliche Absage an unerwünschte erotische Avancen, das T-Shirt. Dann stieg ich zu ihm empor, und da ich davon ausging, dass es sich um den Pensionsgast handeln musste, der gestern Abend nicht zum Essen erschienen war, wünschte ich ihm auf Deutsch einen guten Morgen. Er sprang wie ertappt auf, starrte mich aus großen blauen Augen an, errötete, erwiderte den Gruß, wollte offenbar noch etwas anderes sagen, brachte aber nur einen tiefen Seufzer heraus und eilte dann mit langen Schritten davon, als riefen ihn unaufschiebbare Termine und schwere Pflichten.

Sein Buch ließ er auf der Bank liegen, und als ich es zur Hand nahm, konnte ich mich des Verdachts nicht erwehren, dass er es absichtlich vergessen hatte – als eine Botschaft an Guido. Es war nämlich eine Biografie Johann Joachim Winckelmanns, und die machte schon auf den ersten Seiten klar, dass Winckelmanns Begeisterung für die »edle Einfalt und stille Größe« nackter männlicher Helden und Götter ein verschwurbelter Ausdruck der homosexuellen und pädophilen Neigungen dieses wackeren Aufklärers war.

Ich legte das Buch wieder auf die Bank und unternahm einen Rundgang durch die nähere Umgebung. Die Villa war früher wohl ein Gutshof gewesen. Verstreut im Gelände lagen allerlei mehr oder minder gut erhaltene Nebengebäude, Schuppen, Remisen, Ställe, Scheunen – welchen Zwecken auch immer sie gedient haben mochten. Aus einer offen stehenden Stalltür drang Musik. Van Morrison, *Into The Mystic.*

Zum Mitsingen. Das sprach mir aus der Seele. Schade, dass mir so etwas nie einfiel. Die Musik wurde von unrhythmischen Hammerschlägen synkopiert, deren Verursacher entweder komplett unmusikalisch war oder an etwas arbeitete.

Neugierig trat ich ein. Es roch nach Leim und Sägemehl. In den Sonnenbündeln, die durch Ritzen zwischen den Dachpfannen fielen, tanzte Staub. Überall standen und lagen Möbel oder Teile von Möbeln herum, Tische, denen ein Bein fehlte, Kommoden ohne Schubladen, Stühle mit zerrissenem Flechtwerk, Schränke mit schief hängenden Türen. Sebastian stand an einer Werkbank und hämmerte Nägel in eine Holzplanke, die Musik schollerte blechern aus einem überforderten Kassettenrecorder.

»Störe ich?«, rief ich.

Sebastian blickte auf, nickte mir zu und legte den Hammer beiseite. »Überhaupt nicht. Ich wollte sowieso eine Pause einlegen. Setz dich.« Er deutete auf ein durchgesessenes Sofa, hockte sich selbst auf einen Schemel, klappte ein Holzkistchen mit Zigarillos auf und hielt es mir hin. »Toskaner«, sagte er, »probier mal.«

Wir rauchten und sahen für einen Augenblick schweigend zu, wie der Rauch mit dem Staub verwirbelte und regellose Muster bildete.

»Kann ich dich mal was fragen?«, sagte ich.

»Klar doch. Außer, warum du hier als Guido rumgeistern musst.«

»Mir ist da vorhin ein leicht schräger Typ begegnet, hatte eine Art Bademantel an oder eine Toga oder - - -«

Sebastian grinste. »Ach, das ist Detlef. Der ist harmlos. Kommt ein-, zweimal im Jahr. Studiert angeblich Kunstgeschichte, müsste aber inzwischen mindestens im fünfundzwanzigsten Semester sein.«

»Schwul?«

»Und wie! Aber total verklemmt.«

»Könnte es sein, dass er mich für Guido und also für schwul hält?«

»Keine Ahnung.« Sebastian sog nachdenklich an seinem Zigarillo. »Möglich wär's schon. Aber frag jetzt bitte nicht weiter.«

Wir schwiegen und bliesen blauen Dunst in die Luft. Das Zigarillo schmeckte deutlich besser als Marcos Filterlose.

»Bist du eigentlich Tischler?«, fragte ich nach einer Weile.

»Na ja, ich habe mal eine Tischlerlehre gemacht,

noch in Deutschland, verdammt lange her. Jetzt restauriere ich alte Möbel im Auftrag von Antiquitätenhändlern in Rom.«

»Und was hat dich nach Italien verschlagen?«

»Die Liebe«, sagte er und blies ein paar perfekte Rauchringe in die Luft, »was denn sonst? Es ist doch immer die Liebe. Das ist eine lange Geschichte.« In Kurzform ging sie etwa so: Nach seiner Lehre hatte er keine Lust gehabt, als Tischler zu arbeiten, sondern hatte in Hamburg eine Kneipe betrieben, die auch gut lief. Während eines Urlaubs in Italien lernte er dann aber Emilia kennen, Liebe auf den ersten Blick, wenn auch anfangs mit Sprachproblemen, mehr aber noch mit Problemen innerhalb Emilias Verwandtschaft, einer alten römischen Familie, die sich heftig gegen die Verbindung sträubte. Diese Villa nun, seit Generationen im Besitz der Familie, war damals völlig verwahrlost und halb verfallen, aber als Sebastian und Emilia, die Architektur studiert hatte, damit begannen, aus dem alten Schuppen das Schmuckstück zu machen, das es heute war, akzeptierte ihn die Familie schließlich.

»Und inzwischen bin ich Schwiegermutters Liebling«, sagte er augenzwinkernd. »Sie hilft manchmal in der Küche aus, erstklassige Köchin.«

»Das kann man wohl sagen«, nickte ich in Erinnerung an das gestrige Abendessen. »Und ihr lebt also von diesem Pensionsbetrieb?«

»Nicht nur«, sagte Sebastian. »Wir haben uns eine Mischkalkulation zusammengebastelt, Pension und Möbelwerkstatt, und weiter unten gibt es noch einen Olivenhain, den wir an einen Bauern verpachtet haben.«

»Und warum heißt das Haus Villa Marihuana?«

Er lachte. »Ja, das denken die Kiffer immer. Es heißt aber Villa Maria Ioana, weil Emilias Mutter Ioana heißt und weil deren Mutter, also Emilias Oma, Maria hieß.«

»Schreckt das denn die Gäste nicht eher ab?«

»Im Gegenteil. Diejenigen, die es abschrecken könnte, verstehen den Witz gar nicht, und die, die ihn verstehen, fühlen sich angesprochen.«

Ich fühlte mich angesprochen. Und zwar umso mehr, als ich am nächsten Tag eine Entdeckung machte. Nach dem Frühstück war ich weiter bergauf gewandert, immer entlang des Bachs, der den kleinen See speiste. Irgendwann endete der Pfad und verlor sich in niedriger Macchia. Auf der Suche nach einer Stelle, an der ich ein schnelles Bad im Bach hätte nehmen können, ging ich trotzdem noch etwas weiter, bis ich über einen Schlauch stolperte, dessen Ende im Wasser lag. Ich weiß nicht mehr, warum ich es tat, aber ich folgte dem Verlauf des Schlauchs, der vom Bach weg durchs Gelände verlegt war, bis mir eine Kaktushecke den Weg versperrte. Ich schlug einen Bogen, gelangte hinter einigen Platanen an eine brusthohe Mauer aus Feldsteinen, die an einer Stelle einen Durchlass bot --- und staunte nicht schlecht. Umschlossen von der Kaktushecke, der Mauer und dichtem Bambusgesträuch lag ein kleines Feld vor mir, auf dem Hanfpflanzen wuchsen, sattgrün, hüft- bis brusthoch; einige zeigten bereits prächtige gelbgrüne Blütenstände. Der Schlauch, der mir als Ariadnefaden gedient hatte, endete hinter der Kaktushecke an einer Pumpe, die an einen Generator angeschlossen war. Villa Marihuana! Das war also doch keine Kifferfantasie, sondern handfeste Realität, Teil dessen, was Sebastian als Allerlei und gesunde Mischkalkulation bezeichnet hatte. Das Cannabisfeld lieferte nicht nur den Stoff, aus dem sich Träume machen ließen, sondern musste auch das Bindeglied zwischen dem ominösen *traffico* Leos und Guidos und der Villa sein. Mit meinem Taschenmesser erntete ich ein paar besonders fette Blütenstände ab. Eigenbedarf.

Schweigegeld ---

Die anderen Gäste waren nett und unaufdringlich, machten tagsüber meist irgendwelche Ausflüge in die weitere Umgebung. Hinter der Villa gab es eine Bocciabahn, die nicht sehr gepflegt war, sich aber noch bespielen ließ. Manchmal verabredete ich mich mit den Engländern zu ein paar Partien, und abends fanden sich dann alle wieder am großen Tisch ein, um in den Genuss der Kochkünste von Ioana und Emilia zu kommen.

Detlef, der Langzeitstudent, beteiligte sich nur an den Tischgesprächen, wenn es um Kunst oder Archäologie ging, und dann in einem deutsch-englischen Kauderwelsch, das kaum zu verstehen war. Manchmal scharwenzelte er in meiner Nähe herum, besonders, wenn ich morgens im See schwamm, richtete aber nie direkt das Wort an mich, sondern schien darauf zu warten, von mir angesprochen zu werden. Wenn ich auf einer der Steinbänke im Terrassengarten auf der Gitarre herumklimperte, traute er sich näher heran, wippte im Rhythmus mit den Füßen und nickte dazu mit dem Kopf. Ich hatte Ideen zu neuen Songs und bastelte an älteren herum. Mir fiel zum Beispiel eine neue Strophe zu dem Lied ein, das mir auf dem Trecker und der Obstwiese neben dem Wirtshaus *Hoppevogel* zugeflogen war. Es passte gut zur Stimmung in der Villa Marie Ioana.

Nachdem ich es einige Male mit diversen Variationen vor mich hin gesummt und gesungen hatte, stand Detlef plötzlich auf und sah mich aus großen Augen an. »Das ist gut«, sagte er, machte auf dem Absatz kehrt und verließ ohne ein weiteres Wort den Garten. Irgendwie tat er mir leid, aber ihm zuliebe konnte ich ja schlecht meine sexuelle Orientierung wechseln.

Mein Lieblingsplatz war eine Bank unterhalb des

Sees. Dort stand eine schlanke Gruppe von Silberpappeln, von Licht rieselnd, im Wind flüsternd und schimmernd wie Wasser. Ich sah die Villa in ihrer selbstbewussten Schlichtheit, den lässig halb verwilderten Garten, den türkisfarbenen Spiegel des Sees, und kam mir vor wie ein alter Römer, der, einen breiten Strohhut auf dem Kopf, das süße Leben auf seinem Landgut genoss und fünf gerade sein ließ – *procul negotiis.* Das war eine der wenigen Wendungen aus dem öden Lateinunterricht, an die ich mich gern erinnerte, bedeutet sie doch *fern den Pflichten,* im besten Sinn nichtsnutzig, entspannt, ausgespannt aus dem Joch, nützlich sein zu müssen. Frei. Auch ich in Arkadien!

Weil die Tage in der Villa so angenehm ineinanderflossen und dabei ihr Datum verloren, weiß ich heute nicht mehr, wie lange ich dort blieb. Als Sebastian irgendwann zu mir sagte, dass die Dinge nun geklärt und geregelt seien und ich am nächsten Tag nach Rom chauffiert würde, wusste ich nicht so recht, ob ich mich darüber freuen sollte. Das Abendessen kam mir zwar nicht wie meine Henkersmahlzeit vor, dafür war es einfach zu lecker, aber bester Laune war ich auch nicht grade.

Nach dem Dessert sagte eine der Engländerinnen, sie habe mich manchmal Gitarre spielen gehört. »Why don't you play some songs for us?«

»Me? Now?«

»Of course.«

Und die andere Engländerin: »That would be awfully lovely, wouldn't it?«

Und die Italienerin: »Sarebbe bello.«

Ein Engländer: »Wonderful idea.«

Der andere Engländer: »Indeed.«

Der Italiener: »Lo faccia, per favore.«

Und zur Überraschung aller sagte dann sogar Detlef: »Ja, das wäre schön.«

Was blieb mir anderes übrig? Ich holte also die Klampfe aus meinem Zimmer und spielte ein paar Songs, Bob Dylan, Leonard Cohen, Simon & Garfunkel, solche Sachen halt, von denen ich annahm, dass die anderen sie kannten. Das war auch so, sie sangen oder summten mit, und die Stimmung stieg, und der Wein war sehr gut. Emilia, Ioana und Sebastian setzten sich dazu, und die beiden Engländer gingen zum Kiffen erst gar nicht mehr vor die Tür, sondern ließen einen großen Joint kreisen.

»Spiel doch mal eins von deinen Liedern«, sagte plötzlich Detlef, der bis dahin schweigend zugehört hatte.

»Ach, ich weiß nicht. Auf Deutsch?«

»Natürlich«, sagte er. »Spiel das mit gestern, heute, morgen. Die Melodie ist doch gut.«

Ja, warum eigentlich nicht? Das Lied war noch nicht fertig, aber ich hatte schon zwei Strophen und den Refrain. Und als ich nach der ersten Strophe beim

Refrain ankam, fiel Detlef ein, ausgerechnet Detlef, und sang eine zweite Stimme dazu, so ton- und textsicher, dass ich vor Staunen fast den Text vergaß.

Gestern ist Vergangenheit
Bis morgen ist noch lange Zeit
Hier und heute tanzt das Glück
Jetzt in jedem Augenblick

Als der Refrain zum zweiten Mal gesungen wurde, verstand ich plötzlich, dass der schüchterne, verklemmte Detlef auf diese Weise einen Weg fand, mir so nahezukommen, wie er es sich vielleicht erträumt, aber nie getraut hatte. Für einen flüchtigen Moment trafen sich unsere Blicke, und wir wussten, dass wir beide das Gleiche dachten.

Es wurde spät, so spät, dass es fast schon wieder früh war, als ich zurück in mein Zimmer kam, in dem weiß und kühl das Mondlicht schwamm. Die Gitarre noch in der Hand, sah ich mich in dem alten, von zierlichen Holzsäulen gerahmten Standspiegel und hatte für einen Augenblick das Gefühl, ein anderer aus einer anderen, längst vergangenen Zeit zu sein. Als ich schließlich im Bett lag und durchs Fenster in die milde sternklare Nacht blickte, spukten mir Wörter und Verse durch den Kopf, die nicht ungeschrieben bleiben wollten.

Nun ist es Zeit, die stillen Tage enden
Im dunklen Tuch, das ausgeschlagen ist
Mit buntem Futter, leicht im Schlaf zu wenden
Und voller Möglichkeiten, wer du bist

Du webst es nicht, es webt sich von alleine
Und wickelt dich in seinen blauen Saum
Wiegt dich wie Tanz, wiegt dich wie alte Weine
Wiegt dich durchs Leben, wiegt dich durch den Traum

Im Fenster blinken zig Milliarden Sterne
Sie sinken in dich ein wie in ein Löschpapier
Nichts ist so nah wie das unendlich Ferne
Nichts ist so fern wie jedes Jetzt und Hier

ACHTES KAPITEL

Oh, the streets of Rome are filled with rubble
Ancient footprints are everywhere
You can almost think that you're seein' double

Bob Dylan
When I Paint My Masterpiece

Der Feierabendverkehr tobte stinkend, dröhnend und röhrend, hupend und fluchend über Straßen und Plätze. Jeder kämpfte mit jedem um den kleinsten Vorteil, ließ jedoch den soeben errungenen Vorsprung im nächsten Moment mit großer, galanter Geste wieder verstreichen, um einem Nachbarn, der noch hoffnungsloser ins Gewühl verstrickt war, aus der Klemme zu helfen oder, immer wieder gern, den schönen, jungen Frauen auf ihren Motorrollern die Vorfahrt zu überlassen. Hier herrschte eine freundliche Anarchie, die sich von Situation zu Situation, von einer Sekunde zur anderen ihre eigenen Regeln schuf, Regeln, die an der nächsten Kreuzung schon nicht mehr galten. Die Zigarette im Mundwinkel, manövrierte Marco seine *Giardiniera* mit einer Mischung aus schlauer Aggressivität und graziöser Lässigkeit, gelegentlich unterstrichen durch Flüche auf weniger wendige Fahrer, durchs Chaos. Sehen und Gesehenwerden – so lautete das ungeschriebene Gesetz dieser Regellosigkeit, und ich begriff plötzlich, dass Ordnungswahn und Reglementierungswut meiner Heimat zu nichts nütze waren. Es ging doch auch so.

Jenseits des Flusses gelangten wir in ein ruhigeres, vom infernalischen Verkehr verschontes, vom Tourismus vergessenes Viertel. Im Gewirr immer schmaler werdender Gassen kannte Marco sich offenbar bestens aus, doch irgendwann ging es mit der wackeren Gärtnerin nicht mehr weiter. Mit einem italienischen Wortschwall, akzentuiert durch Mimik und Gestik, gab er mir zu verstehen, dass ich nun das letzte Stück des Wegs zu Fuß zurücklegen musste. »Altri duecento metri«, sagte er, »alla piccola piazza. Eccolo lì.«

Ich bedankte mich für seine Chauffeurdienste und gab ihm ein anständiges Trinkgeld, das er breit grinsend in die Hosentasche schob. Er nahm mein Gepäck aus dem Auto und verabschiedete sich mit einem kräftigen Händedruck. »In bocca al lupo«, sagte er, »addio.« Dann fuhr er ein paar Meter rückwärts, bis er an einer Quergasse wenden konnte, hupte eine kleine Abschiedsmusik und tuckerte davon.

Ich ging durch stille Hinterhöfe, auf denen streunende Katzen in überquellenden Mülltonnen nach Beute suchten oder auf ausgetretenen Treppenstufen in der fetten Abendsonne dösten. Efeu wucherte über bröckelnde Mauern, als wollte es die mürben Wände in ihrer Schwebe zwischen Verfall und Bestand halten. Ein Reisigbesen lehnte an einer Haustür, als sei er aus ihrem morschen Holz herausgewachsen. Zwei Kinder spielten mit verrosteten Blechdosen, Kinder, die wohl nie erwachsen werden würden, weil die Stadt in diesen Ecken und Winkeln in einen Dornröschenschlaf gesunken zu sein schien.

Als ich eine kleine Piazza mit einem Brunnen in der Mitte erreichte, schaute ich auf den Zettel mit der Adresse, den Sebastian mir heute Morgen gegeben hatte. Das sei der Mann, ein deutscher Künstler, an den ich mich wenden sollte. An einer bröckelnden Fassade hing eine Steintafel mit dem Namen des Platzes. Ich war, wo ich sein wollte, aber auf dem Zettel standen nur der Name des Mannes und der Name des Platzes. Hausnummern gab es nicht. Ich ging zu den Kindern zurück, hielt ihnen den Zettel hin, aber sie konnten noch nicht lesen. Als ich den Namen des Manns sagte, »Signore Gynter? Peer Gynter? Pittore? Artista?«, da lachten sie nur rotznäsig, als wäre es eine Schande, Künstler zu sein.

Obwohl die Schatten schon länger wurden, war es immer noch heiß. Der Brunnen in der Platzmitte verbreitete freundliche Kühlung. Aus dem Mund eines Götterkopfes, der von einer Muschelschale umschlossen war wie von einem archaischen Motorradhelm, strömte das Wasser über das bärtige Kinn und rieselte dann leise murmelnd, als spräche es Gedichte vor sich hin, dem grauweißen Becken zu, in dessen Marmor sich der Himmel spiegelte. Dann lief das Wasser in träumerischen Schleiern über den Rand und bildete auf den Pflastersteinen ein Rinnsal, um schließlich in einem Gully zu versickern.

Ich hielt die Unterarme ins Wasser. Was tat ich eigentlich hier? Was ging mich diese undurchsichtige Geschichte mit diesen dubiosen Typen überhaupt noch an? Ich hatte Geld dafür bekommen, für einige paradiesische Tage in der Villa Maria Ioana einen Schwulen namens Guido zu mimen, und war dafür auch noch kostenlos nach Rom chauffiert worden. Warum ging ich jetzt nicht einfach meiner Wege, auch wenn ich meine Wege gar nicht kannte und es mir auch völlig egal war, wohin es mich verschlagen würde, vorausgesetzt, meine Reise ins Blaue würde auch weiterhin so abenteuerlich, unterhaltsam und komfortabel verlaufen wie bis hierher auf diese Piazza, auf der die Tageshitze träge verebbte.

Und dann hörte ich die Musik, leise, aber nah und klar. Jemand spielte Cello. Jetzt wusste ich wieder, warum ich hierher geraten war, und die Ereignisse im Schlosshotel sprudelten aus meiner Erinnerung wie das Wasser aus dem Mund des Gottes. Der Park am Morgen. Und wie ich mich da unter dem Fenster hinter dem Hortensienbusch versteckt und gelauscht hatte. Wie die Schönste der Schönen am

Fenster gestanden und sich gereckt hatte. Und wie mir dann Pollen in die Nase flogen und ich niesen musste. Wie entsetzlich peinlich das alles gewesen war! Über eine ziegelrote, mit Efeu bewachsene und von gelbgrünen Palmwedeln überragte Gartenmauer schwebte die Musik wie eine unsichtbare Wolke über die Piazza.

Ich ging an der Mauer entlang, fand ein schmales rostiges Gittertor, das nicht verschlossen war und leise in den Angeln knarrte, als ich es aufdrückte. Ich fand mich in einem verwilderten Garten wieder, der größer war, als man von der Piazza aus erwartet hätte. Ein überwachsener Pfad führte zu einer kleinen Villa, die im verbliebenen Licht verwahrlost und baufällig wirkte. Die Fensterläden hingen schief und morsch in den Laibungen, der Putz platzte von den Wänden, das Ziegeldach, auf dem Tauben gurrten, war schadhaft. Ich hatte das Gefühl, beobachtet zu werden, sah aber niemanden. Je näher ich ihm zu kommen schien, desto sanfter und leiser wurde der Klang des Cellos, und als ich mir sicher war, dass die Melodie durch eine der zerbrochenen Fensterscheiben kommen musste, verstummte sie wie Wasser, das im Sand versickert.

Ich setzte mich auf einen Mauervorsprung und drehte mir eine Zigarette. Hatte ich die Musik wirklich gehört? Oder war das nur ein Wunschkonzert der Erinnerung gewesen? Was nun? Was tun? Die

Dämmerung war hier kurz, und bevor es ganz dunkel werden würde, war es wohl das Beste, mir in einem belebteren Stadtteil ein Hotelzimmer zu suchen. Doch in diesem Moment näherte sich das gutmütige Gemecker einer Vespa. Der Motor wurde ausgestellt, das Gittertor geöffnet, und ein Mann betrat den Garten. Das konnte Ärger geben. Ich stand wie ertappt auf. Schließlich war ich hier einfach so eingedrungen.

Der Mann kam auf mich zu. »Guten Abend«, grüßte er auf Deutsch, bevor ich etwas sagen konnte. »Du musst Guido sein, nicht wahr? Beziehungsweise warst du mal Guido.« Er lachte. »Jetzt darfst du wieder du sein.«

»Und du bist dann vermutlich Peer Gynter«, sagte ich.

Er nickte. »Tut mir leid, dass ich erst so spät komme. Musste noch Besorgungen machen.«

»Wohnst du hier?«, fragte ich und nickte in Richtung des Hauses.

»Nicht mehr.«

»Wohnt denn sonst jemand hier? Ein Musiker, ein Cellist vielleicht?«

»Musiker? Wie kommst du denn darauf?« Er sah mich fragend an.

»Ach, nur so«, sagte ich.

»Tja«, sagte er, »eigentlich ist das ja auch ein fantastisches Haus, jedenfalls für meine Zwecke, bisschen wie im Märchen. Leider ist es eine Bruchbude. Das Dach ist vergammelt, es regnet rein. Die Fußböden sind so morsch, dass man Angst haben muss, durch die Decke zu brechen. Die Fenster schließen nicht mehr richtig, und als dann vor ein paar Wochen auch noch die Wasserleitung geplatzt ist und dem Eigentümer das sowieso alles scheißegal war, bin ich ausgezogen. Weil Sebastian das nicht wusste, hat er dir diese Adresse aufgeschrieben. Zum Glück hat er mich aber heute Nachmittag noch einmal angerufen, und deshalb wusste ich, dass du hier sein würdest.«

»Und jetzt?«, fragte ich einigermaßen hilflos.

»Jetzt fahren wir in mein Atelier.«

Wir verließen den Garten. Er schwang sich auf die Vespa. »Setz dich hinter mich.«

»Wie soll das denn gehen?«, fragte ich. »Mit meinem Rucksack und dem Gitarrenkoffer? Der Platz reicht ja kaum für mich.«

»In Italien geht noch viel mehr«, sagte er grinsend. »Und auf 'ner Vespa sowieso. Da könnten wir auch noch 'ne hübsche Anhalterin mitnehmen.«

Es ging tatsächlich. Ich setzte den Rucksack auf, nahm die Klampfe in die eine Hand und hielt mich mit der anderen an Peers Gürtel fest. Wir fuhren weiter hügelaufwärts durch ein konfuses, nur gelegentlich von einer trüben Straßenlaterne erhelltes Gassenlabyrinth, in dem ich mich sogar bei Tageslicht verirrt hätte, bis wir endlich durch einen Torbogen in einen Hinterhof kamen, in dem ein alter Kastanienbaum stand.

In dem nach Tabaksqualm und Holzkohlenrauch riechenden Haus ging es mehrere steile Treppen hinauf. »Stairway to heaven«, sagte Peer, als wir in der Mansarde angekommen waren und er die Tür aufsperrte. Das Atelier unter den Dachschrägen war lang und schmal. »Meine ganz private Bowlingbahn«, sagte er. Auf dem Fußboden herrschte Chaos: Schuhe, Zeitungen, Farbtöpfe, Eimer voller Pinsel, ein Wäschekorb, Tapetenrollen, zwei, drei Bücherstapel, leere Weinflaschen im Dutzend. Mitten im Raum Staffeleien, eine davon mit einem Tuch verhängt, Arbeitsplatten auf Tischböcken, darauf Papiere, Farbtuben, gestapelte Fotografien, dazwischen Espressotassen, aufgeschlagene Kunstbände, Paletten, überquellende Aschenbecher, Bierflaschen, Gläser. An den Wänden lehnten leere Bilderrahmen, gerahmte und ungerahmte, zur Wand gedrehte Leinwände in verschiedenen Formaten.

Am Ende des Raums gab es einen offenen Küchenbereich mit Gasherd, Spülbecken, Kühlschrank, einem runden Tisch und vier wackeligen Stühlen. Ein Durchgang führte zu einem winzigen Bad und zwei Schlafkammern, kaum größer als die Betten darin. »Zum Schlafen reicht's«, sagte Peer. »Zum Vögeln auch. Getanzt wird in der Bowlingbahn. Hast du Hunger?«

»Und wie!«

Er führte mich ein paar Straßenecken weiter in die Trattoria *La Lupa,* in der er wohl Stammgast war. Die Auswahl war klein, aber die Tortellini schmeckten märchenhaft, und der offene, eiskalte *Vino bianco della casa* vertrieb mein Unbehagen an der undurchsichtigen Situation.

»Danke für deine Gastfreundschaft«, sagte ich. »Aber eigentlich hatte ich damit gerechnet, dass ich in Rom Leo und Guido treffen würde beziehungsweise Wyatt und Billy, doch jetzt - - -«

»Wyatt und Billy?«, fiel er mir ins Wort und lachte. »Haben die Jungs sich wirklich so genannt? Ist ja lustig.«

»Wahrscheinlich haben sie *Easy Rider* gesehen«, sagte ich.

»Na ja«, sagte er grinsend, »wie man halt auf so etwas kommt. Ich heiße eigentlich auch nicht Peer Gynter.«

Das hatte ich mir natürlich schon gedacht, sagte aber nur: »Sondern?«

»Josef Günther. Aber alle haben mich immer nur Jupp genannt, und Jupp Günther aus Gütersloh klingt total bescheuert. So kann man als Künstler doch nicht heißen.«

Peer Gynter klang in der Tat rätselhafter, romantischer, künstlerischer. »Hat das was mit Ibsen zu tun? Peer Gynt und so?«

Er nickte. »Ja, aber mir hat erst mal nur der Name gefallen. Als ich es dann später gelesen habe, fand ich's ziemlich schrecklich. Dieser Typ, der immer nur Lügengeschichten erzählt, um der Realität zu entkommen, und seine Nichtsnutzigkeit auch noch zu Heldentum verklärt, ist überhaupt nicht mein Fall.« Dabei sah er mich aus wasserblauen Augen durchdringend an, strich sich mit Daumen und Zeigefinger nachdenklich über sein blondes Menjoubärtchen, hob das Glas und trank mir zu.

Vielleicht, dachte ich, sollte ich auch mal über einen Künstlernamen nachdenken, spätestens beim ersten Plattenvertrag. Mit dem Nachnamen Müller wäre wohl kaum Furore zu machen.

»Na schön«, sagte ich, »aber wo finde ich denn nun die beiden?«

»Wo Guido steckt, weiß ich nicht. Und Leo musste schon vor zwei Tagen wieder abreisen. Irgendwelche wichtigen Geschäftstermine. Deshalb hat er mich gebeten, dass ich mich um dich kümmere. Er sagt, er und Guido hätten dir viel zu verdanken.«

»Mag sein«, sagte ich ratlos. »Fragt sich nur, was«, und schenkte mir noch ein Glas Wein aus der Karaffe ein.

»Tja, das hat der gute Leo mir leider nicht verraten«, sagte Peer. »Jedenfalls ist er jetzt endlich verheiratet.«

Verheiratet? Ich hatte mich wohl verhört! »Er ist was?«

»Leonard Graf von Lindenhof«, sagte Peer mit gravitätischer, von Ironie triefender Stimme, »haben geruht, vor einer Woche in der heiligen Stadt Rom seinem Junggesellendasein zu entsagen und in den Stand der Ehe einzutreten.«

Ich war fassungslos. Graf von Lindenhof? Etwa vom Schlosshotel Lindenhof? Und der hatte jetzt geheiratet? »Wyatt ---, ich meine Leo ---?«, stammelte ich. »Der soll ein Graf sein? Und geheiratet haben? Wen denn?«

»Eine Frau. Wen denn sonst?«

»Eine ---, aber der Mann ist doch so was von ---, wie soll ich sagen?«

»Stockschwul«, sagte Peer trocken.

»Schwul. Genau. Sein Freund Billy hat ja wohl manchmal auch Frauen zugezwinkert. Aber Leo? Unglaublich ---«

Peer nickte schmunzelnd vor sich hin. »Unglaublich, aber wahr. So was soll ja vorkommen. Wenn ich nicht sein Trauzeuge gewesen wäre, hätte ich es wahrscheinlich auch nicht geglaubt. Aber er hat nun mal seine Gründe gehabt.«

»Was denn für Gründe?«, fragte ich.

»Weiß ich auch nicht so ganz genau. Und wenn ich es wüsste, dürfte ich es dir bestimmt nicht verraten. Sonst hätte Leo es dir ja selber sagen können. Im Übrigen würde es mich nicht wundern, wenn diese Ehe nicht lange hält.«

Inzwischen verstand ich gar nichts mehr. Das Märchen, in dem ich schon so lange herumstolperte, wurde immer verworrener.

Der Wirt der Trattoria stellte eine Flasche Grappa und zwei Gläser auf den Tisch, schenkte uns ein und sagte: »Salute.« Peer und ich stießen an, tranken. Der Mann war sympathisch. Nach dem zweiten Grappa war er noch sympathischer. Nach dem dritten waren wir Freunde.

Als ich mir schließlich im Bad von Peers Atelier die Zähne putzte und dabei in den Spiegel blickte, fragte ich mich, welcher Fremde mir da so grimassierend mit Schaum vorm Mund entgegenglotzte. Dann lag ich in der Schlafkammer und starrte durch die Dachluke, die wie ein Bullauge zu schwanken schien, in die Nacht. Ein schlanker Mond sichelte über den Himmel und Sterne tanzten Tango.

Ich erwachte früh, schwer verkatert und mit Druck auf der Blase, während Peer nebenan schnarchte, als würde er Baumstämme zersägen. Durch ein kleines Dachfenster im Bad blickte ich zum östlichen Horizont, der in diffuser Helligkeit stand, im Halbschlaf des Himmels. Trotz meiner pochenden Kopfschmerzen konnte ich mich nicht von dem Anblick losreißen, wie dies Zwielicht nun langsam errötete und zart über die Stadt ging – eine Berührung, die das Dunkel von den roten und braunen Ziegeldächern strich und das Ocker und Gelb der Fassaden erwachen ließ. Kein Wunder, dachte ich, dass ein Maler sich hier oben in der Mansarde gut aufgehoben fühlt. Auf der Spiegelkonsole stand ein Päckchen Aspirin. Ich schluckte zwei Tabletten, vermied dabei, so gut es ging, den Blick in den Spiegel, und legte mich noch einmal ins Bett.

Es war schon fast Mittag, als Kaffeeduft meine Nase umschmeichelte. Peer hantierte am Herd mit einer Espressokanne, schäumte Milch auf, schob Weißbrotscheiben in einen altertümlichen Toaster, wünschte einen guten Morgen und servierte mir einen perfekten Caffè Latte.

»Danke«, sagte ich. »Schmeckt ja fast wie beim Italiener.«

Er lachte. »Ich bin ja auch schon lange genug hier.«

»Und was hat dich hierher verschlagen?«

»Schon mal was von der Villa Massimo gehört?«, sagte er.

»Tja, na ja, ist das nicht irgendwie ein Stipendium oder so?«

»Genau.« Peer nickte. »Deutsche Künstler können sich ein Jahr lang in Rom aufhalten, bekommen in einem schönen alten Park ein Atelier und auch noch Geld dazu.«

Das klang geradezu märchenhaft. »Was müssen die Künstler denn dafür tun?«, fragte ich misstrauisch und steckte mir eine Zigarette an.

»Nix.«

»Wie jetzt? Nix?«

»Wenn sie Lust haben, können sie arbeiten. Bilder malen, Romane schreiben, Opern komponieren. Was immer sie wollen. Aber sie müssen nicht. Sie können auch das ganze Jahr im Café sitzen, Däumchen drehen und in die Luft gucken.«

»Man kriegt also eine Wohnung in Rom und Geld obendrauf fürs ---«, ich stieß verblüfft Zigarettenrauch aus, »--- für gar nichts? Für bloßes Nichtstun?« Ich war begeistert. Müßiggang als honorierter Dauerzustand. Und wenn einem danach war, vielleicht ein bisschen Gitarrespielen oder auch nicht, und wenn einem einer einfiel, einen Song schreiben oder auch nicht. Das entsprach hundertprozentig meiner Idealvorstellung eines erfüllten und entspannten Lebens.

»Und wer bezahlt das alles?«, fragte ich ungläubig.

»Die deutsche Regierung«, sagte Peer.

»Echt jetzt?«, staunte ich. »Ich wusste gar nicht, dass wir so 'ne tolle Regierung haben. Vielleicht sollte man mit der Revolution noch ein Weilchen warten.«

Peer lachte.

»Und wie bekommt man so ein Stipendium?«, fragte ich, durchaus interessiert und bereit, ein derartiges Angebot großzügig zu akzeptieren.

»Man wird vorgeschlagen. Von Fachjurys.«

»Ach so – – –« Das, fand ich, klang leider verdächtig bürokratisch.

»Heute Abend gibt es übrigens 'ne Party in der Villa Massimo«, sagte Peer. »Ich geh hin. Wenn du Lust hast, kannst du mitkommen. Dann siehst du ja, wie das da so läuft.«

Das, fand ich, klang ja nun schon wieder verlockend. »Ich bin dabei.«

»Ich war ein Jahr dabei«, erzählte Peer. »Und weil mir die Stadt so gut gefiel und ich mich in eine Italienerin verliebt hatte, bin ich in Rom geblieben. Das mit der Italienerin hat nicht allzu lange gehalten, leider, aber ich bin immer noch hier. Tja, ars longa, amor brevis, wie die alten Römer so sagten.«

Wenn ich mich recht an meinen Lateinunterricht erinnerte, hieß es zwar nicht »amor brevis«, sondern »vita brevis«, aber das war jetzt ja auch völlig egal. Wir schwiegen, rauchten, tranken Kaffee.

»Kannst du denn auch ohne Stipendium von deiner Malerei leben?«, fragte ich nach einer Weile zaghaft und zeigte auf die Rückseiten der Leinwände.

»Es geht.«

»Darf ich mal sehen?«

»Na klar.« Peer nickte. »Ich dreh die Sachen nur deswegen zur Wand, weil mich das, was ich gemacht habe, von dem ablenkt, was ich mache.«

Er drehte einige der auf Keilrahmen gespannten, aber noch ungerahmten Leinwände um. Die Motive waren eher konventionell und wenig spektakulär – Landschaften, Stillleben, Seestücke, Ansichten von Plätzen und Straßen, auch Porträts –, aber in der Kunst kommt es ja nicht auf die Gegenstände an, nicht auf das, was dargestellt wird, sondern darauf, *wie* es gemacht ist. Peer Gynters *wie* bestand aus einer mikroskopisch detaillierten, fotorealistischen Malweise, aber ich brauchte eine Weile, bis ich merkte, was die Bilder so einzigartig machte. Sie strahlten eine rätselhafte Klarheit und Tiefe aus, und die Gegenstände wirkten so, als würden sie von einer unsichtbaren Lichtquelle, die sich irgendwo hinter den Leinwänden befand, ausgeleuchtet und durchleuchtet. Die Technik wies vielleicht eine ferne Verwandtschaft zu Salvador Dalí auf, nur dass Peer eine ganz normale Welt malte, keine schmelzenden Uhren, keine Großhirne auf Stelzen und keine Oberschenkel mit Schubladen, sondern die Dinge, wie sie waren. Einfach so. Und doch auch irgendwie anders. Lange schaute ich ein Stillleben an – ein üppiger Obstteller, eine Flasche Wein, eine Wasserkaraffe, zwei Gläser. Hatte ich das nicht schon einmal gesehen? Wann? Wo?

»Und?«, sagte er.

»So hätte Dalí gemalt, wenn er nicht bescheuert gewesen wäre«, sagte ich.

Er zuckte mit den Schultern. »Manche nennen meinen Stil altmeisterlich, meinen das aber nicht unbedingt positiv, sondern eher so, als würde ich immer noch mit dem Gänsekiel Sütterlinschrift schreiben. Heute muss Malerei in der Ecke stehen wie ein Kind, das sich danebenbenommen hat oder zu spät gekommen ist. Angesagt sind Installationen, Aktionen, Proklamationen, diese ganze Scharlatanerie aus Fettecken und Scheiße in Dosen. Die Villa Massimo ist voll davon.«

»Ich kenne mich da nicht so gut aus«, sagte ich. »Aber deine Bilder wirken auf mich irgendwie halluzinatorisch. Oder psychedelisch oder so ähnlich.«

»Das stimmt«, sagte er grinsend. »Hast du schon mal Trips geschmissen? LSD? Meskalin? Magic mushrooms?«

»Ja«, sagte ich und wusste sofort, warum er das fragte. »Man sieht dann die Dinge, wie sie wirklich sind. Vielleicht glaubt man auch nur zu verstehen, wie die Dinge wirklich sind. Aber das macht am Ende ja keinen Unterschied, weil es sich so oder so nicht beschreiben lässt. Es ist real und zugleich unwirklich. Es fehlen einem die Worte dafür.«

»Haargenau«, sagte er. »Und ich versuche einfach zu *zeigen,* was sich nicht beschreiben lässt – das, was in den Dingen und Menschen undefinierbar ist.«

Er stand auf und ging zu der Staffelei, auf der eine verhängte Leinwand stand. »Das Bild ist noch nicht ganz fertig«, sagte er. »Deshalb das Tuch. Aber ich zeige es dir trotzdem, weil es auch etwas mit dir zu tun hat.« Und damit zog er das Tuch weg.

Es war, als würde durch Nacht und Nebel plötzlich ein Scheinwerfer auf ein Gesicht gerichtet, das ich kannte, aber so noch nie gesehen hatte. Es war die Frau, wegen der ich auf diese Reise geraten war. Es war die Schönste der Schönen, aber sie schien zugleich eine ganz Fremde zu sein. Mit einer Hand hob sie ein Tuch oder einen Schleier vom Gesicht und blickte in eine Parklandschaft. Und je genauer ich hinsah, desto mehr kam es mir vor, als wäre es der Park des Schlosshotels Lindenhof, in dem die Blumen und Zweige davon flüsterten, wie sie in Wirklichkeit sind, und unten in der tiefsten Tiefe sah ich das Gärtnerhaus und eine Landstraße, die durchs Grüne hinausführte, immer weiter weg von der Schönen ins endlos Blaue.

»Das ist die Frau, die Leo geheiratet hat«, hörte ich Peer sagen, und es klang, als kämen seine Worte aus sehr großer Entfernung und einer anderen Zeit.

»Ich ---, ich kenne sie«, stammelte ich mit so trockenem Mund, dass die Worte zu knirschen schienen. Mich überkam ein Gefühl, als würde ich in mich zusammenfallen wie ein Ballon, aus dem die Luft entweicht, bis nur noch ein erschlafftes, undefinierbares Etwas übrig bleibt.

»Ach, tatsächlich?«, sagte Peer.

»Ja doch. Ich war im Schlosshotel Lindenhof, bin da aufgetreten. Und da war sie auch. Ich habe sie da kennengelernt. Na ja, kennengelernt ist vielleicht etwas übertrieben, aber ---« Mir fehlten plötzlich die Worte, vielleicht, weil mir die Szene wieder in den Sinn kam, als ich da oben auf dem Baum hockte und sah, wie sie auf dem Balkon stand und der Maskenmann mit dem Feuerzeug den Arm um sie legte. Und das war niemand anderes als Leo. »Ja ---, ja, jetzt verstehe ich das endlich«, stammelte ich wie erwachend.

»Was verstehst du jetzt?«, erkundigte sich Peer.

»Ach, nichts. Es ist jetzt sowieso alles egal.«

»Na denn«, sagte Peer und zuckte mit den Schultern. »Das Bild ist jedenfalls ein Hochzeitsgeschenk. Aurelie hat eine gute Partie gemacht.«

»Aurelie? So heißt sie? Das ist ja ein sehr ---, wie soll man sagen? Ein aparter Name.«

»Apart ist gut. Eigentlich heißt sie Meier. Nicht mal mit a-i, geschweige mit e-y. Nein, einfach nur Meier.« Peer lachte. »Da musste tunlichst ein Vorname her, der den stinknormalen Meier irgendwie adelt. Oder was auch immer die Eltern sich dabei gedacht haben. Jetzt heißt sie Aurelie von Lindenhof. Das klingt natürlich schon besser.«

Sie hieß also mal Meier. Und ich hieß Müller. Das hätte doch prima gepasst, aber nun war es zu spät.

»Sie hat übrigens noch eine etwas jüngere Schwester«, sagte Peer. »Die heißt Natalie. Aurelie und Natalie Meier. Das muss man sich auf der Zunge zergehen lassen. Ich war Leos Trauzeuge und Natalie die

Trauzeugin ihrer Schwester. Kann sein, dass Natalie noch in Rom ist. Dann kommt sie vielleicht heute Abend zur Party.«

Die Villa Massimo lag außerhalb des historischen Stadtzentrums in einem quirligen Wohngebiet rund um die Piazza Bologna – Läden, Restaurants, Banken, Cafés, Supermärkte, ein Postamt, Häuserblocks, sozialer Wohnungsbau aus Mussolinis Zeiten, gelbe, verwaschene Fassaden, grüne Rollläden, Balkone mit der Flaggenparade trocknender Wäsche, auf den flachen Dächern Antennenwälder. Das weitläufige Grundstück der Villa umgab eine drei Meter hohe Mauer, hinter der sich der staatlich geförderte Müßiggang abspielte. Peer stellte die Vespa vor dem Gittertor ab und ging mir voraus durch ein Pförtnerhäuschen. Er kannte den Pförtner offensichtlich gut, wechselte er mit ihm doch ein paar Worte auf Italienisch und klopfte ihm freundschaftlich auf die Schulter. Zur Villa führte eine mit weißem Kies bestreute Allee, gesäumt von Pinien und Zypressen, aus deren Kronen spitzes, flirrendes Zirpen unsichtbarer Vögel drang, und über den fahl dämmernden Himmel zackten Fledermäuse lautlos ihre Bahnen. Mit Kakteen und Blumen bepflanzte Kübel, Amphoren und Marmorkästen, die wie Särge aussahen, verstümmelte Skulpturen zwischen dunklen Lorbeerhecken, geborstene Büsten, die mit abgeschlagenen Nasen und fehlenden Augen blicklos in eine irreale Vergangenheit schielten, und ein kleiner Brunnen, dessen Wasser lautlos zwischen Moos und Steinen versickerte – all das wirkte wie ein etwas gespenstischer, aber harmloser Kulissenzauber. Ein schmalerer Kiesweg, an dessen Rändern Grablichter aufgestellt waren, die den Weg zur Party wiesen, führte an den Ateliers entlang, rot gestrichene, sachlich-schmucklose Bauten, eine Art Reihenhaussiedlung deutscher Kunst. Hinter grünen Holztüren und Fenstern, die mit Fliegengittern versehen waren, wurde hier also komponiert und formuliert und improvisiert und modelliert und aquarelliert und so weiter und so fort.

Auf halber Strecke gab es einen Parkplatz mit einem Durchgang zu den Hintertüren und Terrassen der Ateliers, von wo uns Gelächter, Geplauder und Klaviermusik entgegenschallte. Auf einem mit Büschen und Bäumen durchsetzten Rasen war ein langer Tisch aufgebaut, an dem etwa zwanzig Personen saßen. Andere standen auch mit Gläsern in der Hand herum, plauderten, rauchten oder gingen über die Terrassen aus und ein, brachten Flaschen und Karaffen und mit Essen beladene Schüsseln und Teller zum Tisch.

Peer grüßte in die Runde, stellte mich als befreundeten Musiker vor, was ich schmeichelhaft fand. Wir nahmen Platz, aßen und tranken, lachten über mehr oder weniger gute Bonmots und politisierten auch ein bisschen. Fast alle dachten irgendwie revolutionär, vage antikapitalistisch oder wie auch immer links. So richtig in Fahrt aber kamen die Diskussionen nicht bei Fragen, ob eine Räteherrschaft der permanenten Revolution vorzuziehen sei oder ob Bakunin, von Stirner ganz zu schweigen, Anarchist gewesen sei. Nein, hitzig wurde es bei Nörgeleien und Beschwerden über kaputte Fliegengitter, unzuverlässige Putzfrauen, wackelige Schreibtischstühle, Stromausfälle, unpünktliche Postzustellungen – kurz, all den Tücken italienischer Schlampigkeit und Ineffektivität, die selbst in dieser deutschen Enklave fröhliche Urstände feierten.

Dazu erklang Klaviermusik von einem Tonband, weil man die Flügel, die in den Studios der Komponisten standen, nicht in den Garten transportieren konnte. Die Musik war, diplomatisch formuliert, interessant – ein disharmonisches, jeden Ansatz einer nachvollziehbaren Melodie unverzüglich zerschmetterndes Klanggebilde. Der Komponist, dem der Ohrengraus eingefallen war, lächelte selig vor sich hin, dirigierte mit Messer und Gabel besonders schräge Passagen und erläuterte ungefragt, aber ausführlich Absicht, Methode und Struktur seines genialischen Missklanggewitters.

Als es abgezogen war, legte jemand Schallplatten auf, sehr viel leichtere Muse, beginnend mit *Abbey Road,* womit die Stimmung sich deutlich entkrampfte. Geplaudert wurde nun lebhaft über Auflagenhöhen,

Honorare und Tantiemen, über Beziehungen zu Redakteuren und Feuilletons, Galerien und Museen, Fernseh- und Rundfunksendern, über Preise und Stipendien und wie man diese an Land ziehe. Ich wunderte mich nicht wenig über die feurige Leidenschaft, mit der die pekuniäre Verwertung der künstlerischen Bestrebungen debattiert wurde, und stellte dabei verblüfft fest, dass sich in fast jedem dieser Künstler ein Kaufmann verbarg.

In die Debatte über Musik und Mammon, Geist und Geld, Kunst und Knete, Literatur und Liquidität platzte plötzlich ein Mann, der bislang schweigend und missmutig seinen Künstlerkollegen und -kolleginnen zugehört hatte. In einer Hand hielt er eine brennende Zigarette, mit der anderen goss er Wein in ein Wasserglas, bis es überlief.

»Oha«, raunte Peer mir zu, »jetzt wird's radikal. Jetzt legt der Radi los.«

»Wer ist denn Radi?«, erkundigte ich mich.

»Ralf-Dirk Denkmann. Ganz wilder Poet ---«

Der Dichter Denkmann erhob sich von seinem Platz und begann stehend, wenn auch schwankend und leicht lallend, zu monologisieren. »Leute, Leute, Leute! Wenn ich euch so labern höre, kommt mir das Dings, das --- jawohl, das Kotzen. Redet nicht über Geld, redet über die Kunst oder, besser noch, über das Leben oder, noch besser, redet nicht, sondern lebt das Leben. Das Leben! Leute! Da draußen vor der Mauer, hinter der wir hocken und schwe-, und schwadronieren, tobt das Leben als Wahnsinn. Rattern und Röhren und Knattern, dass einem das Trommelfell platzt, Gestank, der einem den Atem nimmt. Den verfluchten Blechlawinen wünsche ich Rambo-, ähm, Karambolagen an den Hals, tödliche Unfälle, wenn sie nach Haus fahren zu irgendeiner dicken, doofen Mamma Mia zu schneller Rein-Raus-Amore und stumpfem TV-Glotzen. Das elende, tägliche Idiotenkarussell. Italien ist doch kaputt, Leute. Diese geschniegelten, ondulierten Typen, die sich in aller Öffentlichkeit am Sack kratzen, diese Weiber, die auf Stilettos balancieren und ihre Titten raushängen lassen, aber kreischen, wenn einer zugreifen will. Kaputt, alles kaputt, auch kulturell. Das ganze Land ein einziger stinkender Stiefel. Kaputt, äh ---, kapiert endlich, dies verspießerte Sehnsuchtswort Süden, voll am Arsch ---, dieser dümmliche Hang und Drang deutscher Künstler nach Ark-, nach Arka-, nach Italien ---«

Er trank sein Weinglas in einem Zug leer, schenkte nach. Die letzten Funken der untergehenden Sonne taumelten zwischen den schwarzen Schatten und den im Efeu versinkenden Säulen, huschten über die Weinflaschen und Gläser und Früchte auf dem Tisch, mischten sich mit dem Flackern von Kerzen und Windlichtern. Aus einem der Ateliers kam eine Frau, setzte sich aber nicht an den Tisch, sondern blieb auf der Terrasse stehen und flüsterte einer anderen Frau etwas ins Ohr. Sie kam mir bekannt vor, aber im unruhigen Zwielicht konnte ich ihr Gesicht nicht richtig erkennen.

»Nun lass mal gut sein, Radi«, rief einer der Maler, »wir wissen schon, was du meinst.«

Gelächter.

»Nichts wisst ihr, ihr Arschlöcher!«, schrie der Dichter daraufhin und nahm noch einen großen Schluck Wein. »Hier hinter der Mauer hockt der Künstlerklüngel. Hirnlose Schwätzer, korrupte Schreiberlinge, ihr beleidigt doch nur die Erfindung der Schreibmaschine und vergewaltigt das Papier, auf dem ihr schreibt. Angeber, Epi-, Dings, äh, Epigonen, die sich bei ihrem Durchmarsch in die Unsterblichkeit als Aven-, als Avantgardisten verkleiden! Geht mit sozialistischen Phrasen hausieren, fantasiert von der Revolution. Aber hier sitzt kein Einziger, der einem von der RAF oder von den Roten Brigaden in seinem Atelier Exil bieten würde. Maulhelden! Papiertiger! Und dann erst die grauenhaften Ehrengäste, die hier durch den Park schleichen. Ehre? Dass ich nicht lache. Pensionierte Pastoren, abgehalfterte Politiker, vergreiste Lyrikerinnen, die in jungen Jahren Hymnen auf Hitler verzapft haben. Zum Kotzen. Wenn ich 'n Maschinengewehr hätte, dann würd ich euch allesamt ---« Den Satz vollendete der delirierende Dichter nicht, sondern leerte erneut sein Glas, das man ihm zwischenzeitlich wieder eingeschenkt hatte.

Vielleicht hatte die Frau auf der Terrasse bemerkt, dass ich sie anstarrte, erwiderte sie doch kurz meinen Blick, und das Wiedererkennen war so nah, wie man von einem Wort sagt, dass es einem auf der Zunge liegt.

Doch da holte der Dichter schon zu einem letzten weinseligen Machtwort aus. »Im Künstler - - -, und damit meine ich natürlich nicht euch Banausen, sondern den echten Künstler, in dem lebt das - - -, das Leben, jawohl, und die ganze Welt wohnt in ihm. Ach was, Welt! Der Kosmos samt Geschichte und Vorgeschichte und Urgeschichte. In ihm steckt das Laby-, Laby-, das Labyrinth, die Irrwege. Die äh, die Dings, äh - - - die Sphinx, die Fragen stellt. Die Antworten, Rätsel - - - und der Rest? Der schäbige Rest ist Ramsch und Elend und Betrug! Man muss sich klammern ans - - -, ans - - -« Und damit verlor er endgültig den Faden, klammerte sich an sein Glas und verschwand als schwankende Gestalt im Dunkel des Parks.

Ein Aufatmen ging um den Tisch. Geplauder lebte wieder auf wie Wind nach langer Flaute. Der zweite Komponist in der Runde stellte sich auf eine Holzkiste, lieferte zum Glück aber keine experimentellen Klanginstallationen, sondern spielte Geige, und zwar ganz leichte, schwebende Stücke, die den verstörenden Auftritt des Dichters Denkmann einfach wegzauberten. Das klang und schwang so traumhaft schön, dass der Komponist, der uns vorher mit seinem Dekonstruktionszyklus verstört hatte, immer bitterer, beleidigter und verbissener dreinschaute.

Noch schöner war jedoch, dass die Frau auf der Terrasse wieder zu mir herüberblinzelte, lächelnd ihr Glas hob und mir zunickte. Ich lächelte zurück und hob ebenfalls mein Glas.

»Wer ist das?«, fragte ich Peer.

»Wer?«

»Na, die da drüben auf der Terrasse, die mit den dunklen Haaren. Sie schaut zu uns rüber.«

»Ach so, ja, das ist die andere Meier. Natalie. Aurelies Schwester. Hab ich dir doch vorhin - - -«

Da hörte ich ihn aber schon nicht mehr, weil ich aufstand und zu ihr ging. Alles war wieder da, sternenklar. Wie sie durchs Rosenspalier gekommen war an jenem glücklichen Abend vor dem Gärtnerhaus, wie sie mir den Wein auf den Tisch gestellt und mich angelächelt hatte, genau so, wie sie mir jetzt entgegenlächelte – ein Lächeln wie eine erste zögerliche, aber vielversprechende Umarmung.

»Was für ein Zufall«, sagte ich mit belegter Stimme. »Was für ein glücklicher Zufall!«

»Ja, so sieht man sich also wieder. Aber vielleicht ist es ja gar kein Zufall«, sagte sie. »Vielleicht gibt es in manchen Geschichten keine Zufälle.«

Im Schlosshotel war sie mir im Aschenputtelkleid eines Zimmermädchens über den Weg gelaufen und sexy vorgekommen, sehr sexy sogar, nie jedoch so schön wie in diesem Moment, da sie mich wie unabsichtlich mit ihrer Schulter berührte. Und ich wusste in diesem Moment auch, warum ich ihre Schönheit damals ignoriert hatte – ich hatte mich ja hoffnungslos verguckt, verknallt und verschossen in ihre Schwester und für nichts und niemanden sonst Augen gehabt. Wie, fragte ich mich jetzt, hatte das passieren können? Aurelie, die ja nun ihren schwulen Prinz Leo bekommen hatte und sich offenkundig nicht die Bohne für mich interessierte, mochte meinetwegen die Schönste sein und bleiben, aber ab sofort war Natalie die Allerschönste.

»Ich glaube, ich habe die ganze Zeit nach dir gesucht«, flüsterte ich und brachte meinen Mund dicht an ihr Ohr, über das schwarze Locken fielen.

Sie lachte. »Red doch keinen Quatsch. Du hättest ja im Lindenhof bleiben können, wenn du was von mir gewollt hättest. Warum bist du überhaupt so sang- und klanglos abgehauen?«

Sollte ich etwa ehrlich sein? Sollte ich ihr ins wunderhübsche Gesicht sagen, dass ich geflohen war, weil ich ihrer Schwester verfallen war, Aurelie mich aber nicht erhört hatte? Nein, so blöd war ich dann doch nicht, jetzt plötzlich und ausgerechnet ihr gegenüber ehrlich zu sein. »Tja, na ja«, murmelte ich also geheimnisvoll, »das ist eine lange komplizierte Geschichte.«

»Erzähl sie mir«, sagte sie und brachte ihr Gesicht ganz dicht an meins.

»Ich erzähle sie dir«, flüsterte ich, »aber erst, wenn das Happy End gekommen ist.«

»Versprochen?«

Da hätten sich fast unsere Lippen berührt.

»Versprochen.«

Da strich der Komponist aus seiner Violine so viel Schmelz und Sinnlichkeit heraus, dass sich unsere Lippen endlich berührten. Dann standen wir eine Weile schweigend nebeneinander, als hätten wir etwas Peinliches erlebt, und ich hoffte, dass sie vor Glück so sprachlos war wie ich.

»Dein Auftritt im Park«, sagte sie plötzlich, »du weißt schon, in diesem lächerlichen T-Shirt, das die Alte dir aufgezwungen hat?«

Ach du Scheiße, dachte ich. Fang jetzt bloß nicht damit an. »Was ist damit?«, fragte ich misstrauisch.

»Du hast mich nicht gesehen, weil du immer nur zu Aurelie geschielt hast. Aber ich habe den Auftritt auch mitbekommen«, sagte sie.

»Natürlich habe ich dich gesehen«, sagte ich hastig, und das war nicht einmal gelogen.

»Hat mir jedenfalls sehr gefallen«, sagte Natalie. »Hat allen gefallen, sogar den Mümmelgreisen.«

»Oh, danke für das schöne Kompliment aus einem noch viel schöneren Mund.«

Sie lachte. »Spielst du noch mal für mich?«

»Na klar, für dich jederzeit.«

Das hätte ich aber lieber nicht sagen sollen.

»Dann spiel jetzt für mich.«

»Wie? Was? Jetzt? Hier?«

»Genau. Hier und jetzt.«

»Aber der Geiger macht noch ---«

»Der hört gleich auf.«

»Aber ich habe keine Gitarre!«

»Kein Aber.«

Und wie auf konspirative Absprache setzte in diesem Moment der Komponist seine Geige ab und erntete den verdienten Applaus. Auch Natalie und ich klatschten. Dann nahm sie mich bei der Hand, zog mich an den Tisch zu Peer und flüsterte ihm etwas ins Ohr.

Peer nickte. »Gute Idee.« Er ging in eins der Ateliers, kam mit einer Gitarre zurück und drückte sie mir grinsend in die Hand. Meine Hoffnung, dass es eine billige Koreaklampfe aus dem Supermarkt sein würde, die zu spielen unter meiner Würde gewesen wäre, erfüllte sich nicht. Es war, ganz im Gegenteil, eine erstklassige *Gibson.* Hatte man womöglich auch als Gitarrist Anspruch auf so ein Stipendium des Müßiggangs?

»Also, ich weiß gar nicht ---«, versuchte ich eine letzte Ausrede, aber Natalie legte ihre Lippen auf meinen Mund und küsste einfach alle Bedenken weg. »Stell dich nicht so an. Versprechen darf man nicht brechen.«

Das hätte auch mein Vater sagen können, aber aus

Natalies Mund klang es nicht wie ein Befehl, sondern wie – ich weiß gar nicht mehr, wie, weil sie mir noch einen Kuss gab.

Peer klopfte mit dem Messer an sein Glas und sagte, dass jetzt einer, den man früher, zu romantischeren Zeiten, einen fahrenden Sänger oder Troubadour genannt hätte, ein Ständchen geben würde. Die Gesellschaft klatschte und murmelte beifällig, als ich mich auf die wackelige Holzkiste stellte. Der Mond versilberte die dunklen Bäume im Park, sein Licht spazierte über den weißen Kies, auf den Tischen flackerten Kerzen, deren Flammen sich in den Lachen vergossenen Weins spiegelten.

Mach dich auf den Weg immer geradeaus
Bis zum letzten Ort
Nimm den nächsten Zug bis zur Endstation
Fahr mit mir nach Nord

Mach dich auf den Weg runter an den Strand
Wo die Brandung tost
Nimm ein Segelboot, stich damit in See
Kreuz mit mir nach Ost

Mach dich auf den Weg in ein fremdes Land
Wo die Sonne glüht
Nichts mehr zu verlier'n, niemand hält dich auf
Geh mit mir nach Süd

Mach dich auf den Weg, du bist jung und frei
Niemand hält dich fest
Nimm den nächsten Flug in den Horizont
Flieg mit mir nach West

Natalie lächelte.

NEUNTES KAPITEL

All he wanted was to be free
And that's the way it turned out to be
Flow river flow, let your waters wash down
Take me from this road to some other town

Roger McGuinn (The Byrds)
Ballad Of Easy Rider

Trotz der Renaissance alter Vornamen hatten Dietrich, Eckhart und Rolf noch schwer am Stigma hoffnungsloser Antiquiertheit zu schleppen. Als ich mit ihnen die letzten Etappen meiner Magical Mystery Tour absolvierte, nannten sie sich verständlicherweise Didi, Ecki und Rolli. Kam die Rede jedoch auf Heinz-Hermann, blieb der Name kleben wie ein Steckbrief. Vielleicht war das ein Racheakt, weil Heinz-Hermann die Band im Stich gelassen hatte, desertiert war, wie Ecki das nannte, und deshalb nannten sie Heinz-Hermann eben nicht Heinzi oder Manni oder sonst wie, sondern streng Heinz-Hermann. Ich erwähne das nur deshalb, weil Heinz-Hermanns plötzlicher Abgang für mich zum Glücksfall wurde.

Und das kam so: Nachdem im Park der Villa Massimo die letzte Flasche Wein geleert, die letzten Gäste gegangen und die Kerzen ausgepustet waren, hegte ich natürlich den dringenden Wunsch, den Rest des Abends mit Natalie zu verbringen. Und obwohl wir uns so nahekamen, dass die Grenze zwischen Wunsch und Wirklichkeit durchlässig wurde wie ein Gazeschleier, fiel der Schleier nicht in dieser Nacht. Sie musste nämlich am nächsten Morgen unverschämt früh aufstehen, um sich auf die Heimreise zu machen. Das hatte sie ihrer Chefin versprochen. Und wer war ihre Chefin? Na klar, die Hoteldirektorin. Die Gräfin. Die liebestolle Schreckschraube, die mich in jener denkwürdigen Nacht im Park des Lindenhofs, als ich mucksmäuschenstill auf dem Baum hockte, zu ihrem Lustknaben machen wollte. Zusammen mit Natalie war die Alte zur Hochzeit von Aurelie und Leo mit dem Auto nach Rom gereist, mit jenem weißen Mercedes Roadster 107, in dem es mich seinerzeit ins Schlosshotel verschlagen hatte. Am nächsten Morgen früh um Punkt 6:30 Uhr sollte die Rückfahrt angetreten werden, und dabei musste Natalie der alten Schabracke wiederum Gesellschaft und Chauffeurdienst leisten.

»Komm bald nach«, flüsterte sie zwischen zwei oder drei oder vier Abschiedsküssen, »dann machen wir ---«, noch ein Kuss, »du weißt schon ---«, und noch einer, »Happy End.« Und zwischen zwei Küssen hatte sie dann plötzlich die Idee mit Didi, Ecki und Rolli und gab mir die Telefonnummer eines Campingplatzes am Gardasee. Nach einem letzten, nun aber wirklich allerletzten Kuss gingen wir glücklich, aber widerstrebend und recht unbefriedigt auseinander.

Am nächsten Tag rief ich beim Campingplatz an.

»Pronto!«

»Ja, hallo, ich meine, do you speak English?«

Der Verwalter sprach sogar Deutsch, wenn auch nur un poco. Am Gardasee, das sollte ich schnell merken, sprachen fast alle fließend falsch Deutsch. Auf seinem Gelände, erklärte ich ihm, würden drei Musiker campieren, in einem VW-Bus. Ob er vielleicht einen von denen ans Telefon holen könne? Es sei wichtig. Und eilig.

»Ah, sì, sì, i musicisti pazzi«, sagte er, »va bene. Du musse warte uno momento.«

Der eine Moment dauerte zwar eine Viertelstunde, aber schließlich meldete sich eine deutsche Stimme, die etwas atemlos klang. »Was liegt an?«

»Spreche ich mit einem Mitglied der Band, die in der Strandbar Campanello auftritt?«

»Genau. Ecki hier. Was ist denn los?« Eckis Stimme klang norddeutsch.

»Ich bin ein Freund von Natalie«, sagte ich, weil ich mir unsicher war, ob ich bereits *der* Freund sagen sollte. *So* weit war ich bei ihr ja noch gar nicht gekommen.

»Von der Meier?«, vergewisserte Ecki sich.

»Meier? Ach so, ja, genau. Natalie Meier. Sie hat

mir erzählt, dass eure Band dringend einen Gitarristen sucht, weil eurer ausgefallen ist, und ---«

»Ausgefallen ist gut. Heinz-Hermann, der Arsch, hat sich einfach verpisst. Wie gut bist du denn? Als Gitarrist, mein ich.«

»Schwer zu sagen, Eigenlob stinkt ja«, sagte ich. »Aber Natalie findet mich ziemlich toll, glaub ich jedenfalls ---«

»Die hat eh keine Ahnung, aber was soll's. Komm zum Vorspielen, dann sehen wir weiter. Muss aber schnell gehen, Alter. Vielleicht lässt sich dann der Gig am Sonnabend noch retten.«

Also dankte ich Peer Gynter für seine Gastfreundschaft, versprach ihm, eins seiner Bilder zu kaufen, sollte ich je zu Geld kommen, nahm den nächsten Zug vom Bahnhof Roma Termini in Richtung Lago di Garda, stieg in Verona um, kam in der Abenddämmerung in Peschiera an und latschte zum Campinglatz, der, nicht weit vom Bahnhof entfernt, direkt am See lag.

Dicht an der Uferpromenade stand der VW-Bus. Er sah aus wie das Automobil gewordene Batikshirt, das mir die Gräfin aufgezwungen hatte, bepinselt und beklebt mit den unvermeidlichen Dekorationen: das Peace-Zeichen, die Stones-Zunge, die Woodstock-Gitarre, dazwischen Pril-Blumen und Meinungssticker mit Sprüchen à la »Make Love Not War« und

»Ich bin gegen alles« und »Born to be wild« und »Feed your head«. Auf Fahrer-, Beifahrertür und Heckklappe prangte in aufgesprühter Blasenschrift der Name der Band. The Students. Das Trio, zu dem die Band nach dem Abgang des Gitarristen geschrumpft war, saß auf wackeligen Campingklappstühlen an einem spiddeligen Campingklapptisch beim Abendessen und blickte mir neugierig entgegen.

»Hallo«, sagte ich.

»Hey! Du bist bestimmt der Macker von der Meier«, sagte Ecki, den ich an seinem kernigen Norddeutsch wiedererkannte. Er sagte nicht Macker, sondern Maggäh, und nicht Meier, sondern Meiäh. »Setz dich. Da is noch'n Hoggäh.« Er zeigte auf einen Klapphocker in Kindergröße. Ich nahm vorsichtig Platz.

»Das ist Rolli, unser Trommler.«

Rolli grinste. »Hey.«

»Und der da ist Didi, Bass.«

Didi grinste auch und nickte mir zu.

»Und ich spiel Schweineorgel«, beendete Ecki die ausführliche Vorstellungsrunde.

Das Stillleben auf dem Tisch bestand aus Brot, Provolone, Schinkenscheiben, Tomaten, einer angeschnittenen Salami, einer Melone, einer Zweiliterflasche Rotwein, einer Plastikwasserflasche und bunten Plastikgläsern.

»Hast du Hunger?«, fragte Rolli.

Ich nickte.

»Hau rein«, sagte Didi.

»Ich lass dann mal das Band laufen«, sagte Ecki und drückte auf die Starttaste eines wuchtigen Kassettenrecorders.

Rolli grinste. »Unsere Greatest Hits.«

»Dann weißt du in etwa, was wir so bringen«, sagte Didi.

Kauend und schluckend bekam ich nun einen Teil des Students-Repertoires um die Ohren. Es waren die üblichen Verdächtigen aus den Rock- und Pop-Hitparaden, recht sauber und routiniert runtergespielt und von Ecki und Didi so passabel gesungen, dass man die Songs immerhin erkennen konnte.

»Bringste das, Alter?«, erkundigte sich Rolli.

»Müsste gehen.«

»Dann spiel mal was vor«, sagte Ecki.

Ich packte die Gitarre aus und spielte zwei oder drei der Stücke, die eben vom Band gekommen waren.

Ecki nickte anerkennend vor sich hin. »Wenn du noch ein paarmal mit uns probst, passt das. Sind ja noch vier Tage Zeit bis zu den Auftritten. Die Anlage steht in einer der Hotelgaragen. Du kannst dann Heinz-Hermanns Verstärker benutzen. Den hat das Arschloch hier stehen lassen.«

»Klingt gut«, sagte ich.

»Das macht aber nur Sinn«, sagte Ecki, »wenn du bis zum Schluss mitmachst. Wir haben jetzt noch fünf Gigs auf dieser Tour. Freitag und Sonnabend hier, nächstes Wochenende auf so 'nem dämlichen Donaudampfer. Und dann noch zwei Auftritte in einem Hotel bei Wien, völlig schräge Nummer. Die veranstalten da so Verwöhnwochenenden, volle Dröhnung Bespaßungsprogramm, Ringelpiez mit Anfassen und allen Schikanen. Peinliches Publikum, aber super Gage. Wir kriegen normal pro Gig tausend Mark, also pro Kopf müde zweihundertfuffzig, aber im Lindenhof gibt's das Doppelte. We're only in it for the money, wie Zappa sagen würde.«

»Genau«, sagte Didi.

Ich grinste. »Weiß ich doch. Hat Natalie mir erzählt. Sonst wär ich jetzt auch gar nicht hier.« Dass ich eigentlich nur wegen dieses letzten Auftritts im Lindenhof anheuerte, verschwieg ich lieber – ging es mir doch weder um Geld noch um Gigs, sondern einzig um ein Wiedersehen mit der unendlich schönen Natalie.

»Ach so, logo«, sagte Rolli, »die Meier macht in dem Hotel ja 'ne Ausbildung.«

Das wusste ich noch gar nicht. »Was denn für eine Ausbildung?«

»Hotelmanagement, glaub ich, oder so was Ähnliches«, sagte Rolli. »Da muss man ganz klein anfangen.«

Wir schwiegen eine Weile mit Blick auf den still daliegenden See, und dann bastelte Didi einen strammen Dreiblattjoint, mit dem wir unsere Partnerschaft besiegelten. Die Abendröte im Westen spiegelte sich auf dem Wasser, auf dem noch ein paar weiße Dreiecke segelten, und hoch fliegende Schwalben zeichneten im warmen Südwind Muster in den Himmel, die wie Striche eines unsichtbaren Silberstifts aussahen. Irgendwo in der Ferne spielte jemand Cello. Oder kam mir das nur so vor?

»Schön hier«, sagte ich.

»Kann man wohl sagen«, sagte Didi.

»Aber echt«, sagte Ecki.

»Genau«, sagte Rolli.

Nach einigen Minuten tiefsinnigen Schweigens erkundigte ich mich, ob der Name der Band eine irgendwie tiefere Bedeutung hatte. The Students. Die Schüler? Oder die Studenten? Oder wie oder was?

»Pass mal auf«, sagte Ecki und spulte die Kassette weiter vor bis zu einem simplen, aber eingängigen Song. Drei-Akkorde-Rockabilly à la Buddy Holly. Im Text ging es um heiße Schulmädchen, verliebte Schüler, ahnungslose Lehrer und so weiter.

»Gutes Teil«, sagte ich.

»Fools in School«, sagte Ecki. »Das ist eine von unseren Eigenkompositionen. Als wir gemerkt haben, dass die Nummer bei den Gigs besonders gut ankommt, haben wir uns The Students genannt. Ist doch witzig, oder nicht? *Fools in School* von den Students? Bevor wir selber komponiert haben, waren wir The Happy Four.«

Dann herrschte wieder Schweigen. Didi zündete eine rostige Petroleumfunzel an, die schon bald von Nachtfaltern umschwärmt wurde. Manche verbrannten sich am heißen Glas die Flügel. Das knisterte.

»Warum ist dieser Heinz-Hermann eigentlich abgehauen?«, fragte ich irgendwann in die Stille.

»Warum wohl?«, sagte Rolli.

»Woher soll ich das wissen?«

»Wegen 'ner Frau«, sagte Didi.

»Weswegen auch sonst?«, sagte Ecki.

»Ach so«, sagte ich. »Verstehe – – –«

Ecki und Didi schliefen im Bus, neben dem sie noch ein Zelt aufgebaut hatten, das sich nun Rolli mit mir teilte. Während der nächsten drei Tage probten wir in einer der Garagen des Hotels, das die Konzerte veranstaltete. The Students waren keine Virtuosen, aber auch keine Amateure, sondern gut eingespieltes Mittelmaß – genau das Niveau, auf dem auch ich damals segelte. Hilfreich waren auch die Textblätter mit den Akkordfolgen und Abläufen, und so konnte ich mich recht und schlecht durch ihre Setlist lavieren. Außer *Fools in School,* das wirklich gut war, hatten sie noch eine Handvoll anderer Eigenkompositionen, die mir aber alle irgendwie geklaut vorkamen. Ein Instrumentalstück hieß *Let's Go* und klang verdächtig nach *Wipe Out* von den Ventures, ein Song mit dem Titel *Keep Right* war eine plumpe Fortsetzung von *Hold Tight.*

Ich spielte ihnen auch ein paar meiner Sachen vor. Der Song, dessen Idee mir damals auf dem Treckeranhänger gekommen war und zu dem Detlef in der Villa Maria Ioana die zweite Stimme gesungen hatte, war inzwischen unter dem Titel *Gestern Heute Morgen* fertig geworden. Er gefiel den Jungs gut. Wir spielten ihn mehrfach; trotzdem lehnten sie es ab, ihn ins Repertoire aufzunehmen.

»Deutsche Songtexte«, befand Ecki, »sind derzeit angesagt, aber wir machen nicht auf Krautrock. Und einem italienischen Publikum kann man sowieso nicht mit deutschen Texten kommen.«

»Wieso denn nicht? Das Publikum besteht doch fast nur aus Deutschen, und der Song ist echt geil«, machte sich Rolli für mein Opus stark, wurde aber von Didi und Ecki überstimmt. Dass der Song schon bald eine erfolgreiche Premiere feiern sollte, konnte ja noch niemand ahnen.

Zum Hotel, das The Students für zwei Auftritte gebucht hatte, gehörte eine Strandbar, neben der eine provisorische Bühne aufgebaut war. Dort traten wir Freitag und Sonnabend also auf, muckten eine Dreiviertelstunde, machten Pause, um den Getränkeabsatz zu steigern, und spielten dann noch einmal eine halbe Stunde. Es lief gar nicht schlecht. Ich beschränkte mich meistens auf Rhythmusgitarre, weil ich mir manche der Soli, die sonst Heinz-Hermann gespielt hatte, auf die Schnelle nicht draufschaffen konnte. Ecki mogelte dann die Soli auf seiner Orgel irgendwie hin. Das fiel auch weiter nicht auf, weil das Publikum, das zu 90 Prozent aus deutschen Touristen bestand, gar nicht zuhörte, sondern uns eher als muntere Geräuschkulisse hinnahm. Zu *Fools in Schools* wagten manche immerhin ein Tänzchen. Wenn wir abtraten, gab es müden Beifall. Zugaben wurden nie verlangt. Zweihundertfünfzig Mark pro Kopf war als Gage nicht grade üppig, aber mehr wäre unsere Show auch nicht wert gewesen. Nach uns kam dann die eigentliche Attraktion des Abends, eine italienische Tanzkapelle mit einem Schnulzen absondernden Schönling, der noch mehr Öl in der Stimme als Pomade in den Haaren hatte und besonders von den älteren Damen im Publikum vergöttert wurde.

»Lieber Säcke im Hafen schleppen als so 'ne Mucke machen«, murrte Ecki, und da waren wir voll seiner Meinung, bedienten uns kostenlos am Büfett, gingen am Ufer entlang, bis der Schnulzenfuzzi nicht mehr in Hörweite war, setzten uns auf den schmalen Strand, ließen einen Joint kreisen und blickten auf den See und die dunkel aufragenden Berge am jenseitigen Ufer.

»Schon schön hier«, sagte ich.

»Kann man wohl sagen«, sagte Rolli.

»Aber echt«, sagte Didi.

»Logo«, sagte Ecki.

Gleichmäßig schnurrte der VW-Bus die Kilometer weg, kam nicht einmal bei stärkeren Steigungen ins Hecheln und verfügte mit seiner stoischen Zuverlässigkeit und unprätentiösen Nützlichkeit über Eigenschaften, die mir ziemlich gründlich abgingen und die ich auch nicht vermisste – damals jedenfalls nicht. Aber das ist ja auch nun schon alles verdammt lange her, so lange, dass ich manchmal nicht mehr genau weiß, ob ich es wirklich erlebt oder ob ich es mir nur aus den Fingern gesogen habe.

Nützlichkeit hin, Zuverlässigkeit her, die Grenzkontrolle fiel erwartungsgemäß schikanös aus, weil der deutsche Zollbeamte auf »Make Love Not War«, Peace-Zeichen, Stones-Zunge, Pril-Blumen und The Students gerade noch gewartet hatte: Ein Highlight für jeden ZOWAnw, vulgo: Zolloberwachtmeisteranwärter, und ein Leckerli für jeden Drogenspürhund. Diesmal war es Hasso, ein Cockerspaniel.

»Lieber Joe Cocker als so 'n Cocker«, sagte Rolli.

Hasso Cocker fand aber nicht, was er finden sollte.

»Braver Hund«, sagte Ecki.

»Musiker, was?«, fragte der ZOWAnw scharfsinnig, als er dienstgeil durch unsere Instrumente stöberte.

»Heizungsmonteure«, sagte ich und dachte für einen flüchtigen Moment an die GmbH & Co. KG meines Vaters, die immer noch ohne ihren ersehnten & Sohn auskommen musste.

»Jetzt werden Sie aber bloß nicht witzig«, raunzte

der ZOWAnw, »sonst bocken wir Ihre Kasperbude hier mal kurz auf und nehmen alles auseinander.«

Einer seiner Kollegen hatte inzwischen unsere Ausweise kontrolliert und mit den RAF-Fahndungslisten abgeglichen, war aber gleichfalls nicht fündig geworden. »Dann weiterhin gute Fahrt«, murmelte der ZOWAnw, weil das wohl zum vorschriftsmäßigen Phrasenvorrat des Zolls gehörte, und sah uns böse frustriert hinterher.

Der Bulli tuckerte fleißig weiter gen Wien, brachte mich Kilometer um Kilometer dem Ziel meiner Wünsche näher. Zwischen Natalie und mir lag jetzt nur noch unser Auftritt auf einem Donaudampfschiff.

»Das ist der wichtigste Gig überhaupt«, sagte Ecki. »Da kommt nämlich auch der Musikproduzent, der die ganze Tour organisiert hat. Er will mit uns eine Single aufnehmen, A-Seite *Fools in School,* logo, B-Seite steht noch nicht fest. Ist natürlich blöd, dass Heinz-Hermann jetzt nicht mehr dabei ist, aber ---«

»Ach«, sagte ich, »das findest du plötzlich blöd, dass ich hier den Heinz-Hermann mime? Von mir aus könnt ihr auch gern als Trio auftreten.«

»Sorry, nee, sorry«, wiegelte Ecki ab. »Das war jetzt gar nicht so gemeint, Alter.«

»Schon gut«, sagte ich gönnerhaft. »Was geht da denn überhaupt ab auf dem Dampfer?«

»Hier muss irgendwo so 'n Werbeflyer rumfliegen«,

sagte Didi und kramte im Handschuhfach. »Ach, da ist er ja. Also, pass auf: DDSG Blue Danube ---«

»DDSG? Was heißt das denn?«, fragte ich. »Der dümmste Song gewinnt?«

Der Bus bebte vor Gelächter.

»Donaudampfschifffahrtsgesellschaft natürlich. Also hier, Themenfahrt *Rock Around The Riverboat* auf der MS Kaiserin Elisabeth. Musik, Tanz, Kulinarische Köstlichkeiten. Abfahrt 17:00 Uhr. Rückkehr 22:30 Uhr. Das Musikprogramm bestreiten Bibi Becker and the Ballroom Boys, bekannt aus Funk und Fernsehen ---«

»Noch nie gehört, noch nie gesehen«, sagte Ecki.

Gelächter.

»--- sowie, jawohl, hier steht's: The Students.«

»Bekannt aus Funk und Fernsehen steht uns noch bevor«, sagte Rolli. »Deswegen will ja auch der Produzent mit an Bord sein.«

Wie ein wohlwollender Zufall es wollte, war der Musikproduzent nicht nur an Bord der MS Kaiserin Elisabeth, sondern mir bereits persönlich bekannt. Bei meinem Auftritt als lächerlich kostümierter Hippie-Troubadour am und auf dem See des Schlossparks war er dabei gewesen, hatte mir anschließend gönnerhaft auf die Schulter geklopft und davon gesülzt, dass ich Potenzial hätte. Er hatte mir auch seine Karte in die Hand gedrückt, aber die war mir auf meinen Wegen und Abwegen längst abhandengekommen. Vielleicht, weil ich diesmal nicht so albern angezogen war, vielleicht auch, weil meine Haare inzwischen gewachsen waren und ich sie im Nacken zu einem Pferdeschwanz zusammengebunden hatte, erkannte er mich aber nicht auf Anhieb wieder.

»Das ist unser Heinz-Hermann-Ersatz«, stellte Ecki mich ihm vor, was ich als einigermaßen demütigend empfand. Ersatz? Doch Ecki hatte es gar nicht so gemeint. »Er ist aber so gut wie Heinz-Hermann«, sagte er nämlich, »mindestens ---«

Der Produzent nahm seine Sonnenbrille ab, als müsse er mich ohne Filter mustern. »Na, dann herzlich willkommen im Club der aufgehenden Sterne.« Er schmunzelte über seine Formulierung, die wohl witzig sein sollte, und drückte mir die Hand.

In dem Augenblick fiel mir der Name wieder ein, der auf seiner Karte gestanden hatte. Vielleicht, weil er ein bisschen nach Entenhausen klang – Dr. Wendelin Weißenstein, Musikproduktion und Künstleragentur –, und also sagte ich: »Danke, Herr Weißenstein.«

Er stutzte. »Kennen wir uns?«

»Na ja, was heißt schon kennen?«, sagte ich. »Sie kennen jedenfalls einen meiner Songs.«

»Wie das?«

»Er heißt *Einfach so.*«

»Wie jetzt, einfach so?«

»So heißt der Song.« Ich summte ein paar Takte. »Sollte eigentlich *Jetzt und hier und einfach so* heißen, aber *Einfach so* ist vielleicht einfacher und einpräg – – –«

Auf Weißensteins Gesicht ging das Licht der Erinnerung auf. »Na, da schau her! Auf dem Steg und im Boot. Ja, ja doch, nettes Liedchen, könnte man was draus machen.« Er wandte sich wieder an Ecki. »Habt ihr das womöglich im Repertoire?«

Ecki schüttelte den Kopf. »Wir machen nur Englisch. Das haben Sie uns doch selbst empfohlen. Sie haben gesagt, für deutsche Texte ist die Zeit noch nicht reif, wortwörtlich haben Sie das – – –«

Weißenstein winkte ab. »So? Hab ich das? Na ja, mag sein. Aber die Zeiten ändern sich.«

»Wir sind gleich dran«, unterbrach Didi den philosophischen Dialog.

»Toi, toi, toi«, sagte Weißenstein.

Der Ausflugsdampfer hatte bereits abgelegt, zog gemächlich die Donau entlang, und der Kapitän hatte den Gästen per Lautsprecherdurchsage einen »zauberhaften Abend mit kulinarischen und musikalischen Köstlichkeiten« versprochen. Im großen Salon der Kaiserin Elisabeth, dem, laut Prospekt, »Nostalgieschiff mit lässig-maritimem Charme«, saßen und standen etwa 150 zahlende Gäste und wollten für ihr Geld etwas zu essen, zu trinken und zu hören bekommen. Wir mussten als Eisbrecher herhalten – halbe

Stunde spielen, halbe Stunde Pause, halbe Stunde spielen. Danach würden Bibi Becker and the Ballroom Boys als Hauptattraktion die Stimmung zum Kochen bringen.

Wir legten los mit *Let's Go* und ließen diverse Gassenhauer folgen, die normalerweise als Stimmungskanonen funktionierten, hier aber nicht recht zünden wollten. Vielleicht war es zu früh. Der Alkoholpegel tendierte noch gegen Normalnull, die Leute hatten Hunger und drängelten ans Büfett. Nach unserer ersten Halbzeit war der Beifall lau und lahm.

Am »Künstlertisch« in einer Salonecke empfing uns Wendelin Weißenstein mit besorgter Miene. »Da müsst ihr aber noch 'ne Schippe drauflegen, Leute«, sagte er.

»Wir waren ja schon fast am Anschlag«, stöhnte Didi. »Scheißpublikum, Scheißschiff.«

»Irgendwas fehlt«, sagte Rolli.

Weißenstein wiegte den Kopf hin und her. Dachte er etwa nach? »Heutzutage«, sagte er dann, »sind deutsche Texte schwer im Kommen. Habt ihr da nichts im Reper-«

»Nein! Wir sollen doch nur englische Sachen bringen«, schnappte Ecki säuerlich. »Das haben Sie uns ständig eingebläut. Und jetzt auf einmal - - -«

»Man muss eben flexibel sein«, wiegelte Weißenstein ab. »Musik ist nichts weiter als eine Dienstleistung, wenn auch kultureller Art. Habt ihr denn gar nichts Deutsches auf Lager, Leute? Irgendwas? Nicht mal *Marmor, Stein und Eisen bricht?* Das geht doch immer.«

»Nein!« Ecki blieb marmorn und eisern.

»Doch«, sagte nun aber Didi. »Wir könnten *Gestern Heute Morgen* spielen, den Song von ---«

Rolli nickte. »Geiles Teil.«

»Haben wir noch nie gebracht«, sagte Ecki.

»Bei den Proben lief das aber super«, befand Didi und sah mich an. »Bringst du das?«

Wir brachten es. Wir eröffneten die zweite Halbzeit mit *Peter Gunn,* und weil im Publikum dazu mit den Beinen gewippt und sogar zaghaft getanzt wurde, legten wir mit *Fools in School* nach. Und das kam auch gut. Es wurde geklatscht.

»Jetzt du?« Ecki sah mich an. Ich nickte. Und Ecki zählte an. »One, two, one, two, three!«

Gestern wild, morgen zahm
Gestern flink, morgen lahm
Gestern hungrig, morgen satt
Gestern munter, morgen matt

Gestern leicht, morgen schwer
Gestern voll, morgen leer
Gestern heiß, morgen kalt
Gestern jung, morgen alt

Gestern ist Vergangenheit
Bis morgen ist noch lange Zeit
Hier und heute tanzt das Glück
Jetzt in jedem Augenblick

Gestern schlau, morgen baff
Gestern prall, morgen schlaff
Gestern scharf, morgen schal
Gestern Locken, morgen kahl

Gestern klug, morgen dumm
Gestern laut, morgen stumm
Gestern Baby rosarot
Morgen grau und mausetot

Gestern ist Vergangenheit
Bis morgen ist noch lange Zeit
Hier und heute tanzt das Glück
Jetzt in jedem Augenblick

Weißenstein strahlte übers ganze Gesicht, als wir schließlich wieder am Künstlertisch Platz nahmen. »Na bitte«, jubelte er, »geht doch! Die Leute waren ja total aus dem Häuschen. Bibi Becker hat sich's auch angehört. Ich hab sie genau beobachtet. Sie hat richtig verbittert geguckt, als ihr *Gestern Heute Morgen* gebracht habt. Das wird ein Hit! Tausendprozentig! Ich hab ja immer schon gesagt, dass deutsche Texte das nächste große Ding sind. Englisch war gestern. Heute geb ich euch erst mal 'ne Flasche Schampus aus. Morgen gibt's den Vertrag.«

»Granate«, sagte Ecki.

»Voll geil«, sagte Didi.

»Wollt ich auch grad sagen«, sagte Rolli.

Bei einer Flasche blieb es nicht.

Später vertrat ich mir an Deck noch ein bisschen die Beine, dachte an Natalie, atmete tief die Nachtluft ein und lauschte dem gleitenden Singen des Flusses, der schön und blau durch die Dunkelheit zog.

ZEHNTES KAPITEL

Also zum Schluss, wie sich's von selbst versteht und einem wohlerzognen Romane gebührt: Entdeckung, Reue, Versöhnung, wir sind alle wieder lustig beisammen ---

Joseph von Eichendorff
Aus dem Leben eines Taugenichts

SCHLOSSHOTEL LINDENHOF stand immer noch auf dem polierten Messingschild über dem Portal, vor der Drehtür stand immer noch der Page in seiner albernen Fantasieuniform so stramm, als hätte er sich während meiner Abwesenheit nicht von der Stelle bewegt. Die Frage »Was wollt ihr denn hier?« war ihm ins blasierte Gesicht gemeißelt, als wir vier Students aus dem Bulli kletterten und die Freitreppe emporstiegen.

Über seine Halbbrille auf der immer noch nobel wirkenden Nase blickte uns der Chefrezeptionist skeptisch entgegen, nuschelte sein unvermeidliches »Därä«, schien mich jedoch wiederzuerkennen und sagte: »Der Herr werden bereits erwartet.« Er bat uns, einstweilen in der Lobby Platz zu nehmen. Wir lümmelten uns in die tiefen Polstersessel, während der Empfangschef einen Pagen heranwinkte und ihm etwas zuraunte. Der Junge wieselte dienstwillig nickend davon.

Ecki, Rolli und Didi sahen sich zweifelnd um.

»Nicht unsere Szene«, flüsterte Didi.

»Echt ungeil«, raunte Rolli.

»We're only in it for the money«, tröstete Ecki.

»Es sind aber auch ein paar jüngere Semester hier«, versuchte ich das Unbehagen der Jungs zu dämpfen und dachte dabei noch sehnsüchtiger an Natalie. Bereits erwartet werden konnte ich ja wohl nur von ihr. Dass man eigens einen Pagen losschickte, um ihr meine Ankunft zu melden, war natürlich snobistisch, aber auch irgendwie schmeichelhaft.

Es dauerte.

Und dauerte.

»Worauf warten wir eigentlich?«, wunderte Rolli sich.

»Ihr braucht nicht auf mich zu warten«, sagte ich. »Ihr könnt euch inzwischen ja die Beine vertreten. Seht euch mal den Park an. Der ist echt hübsch. Da wachsen auch interessante Pilze.«

Die drei stemmten sich aus den Polstern und schlurften über den gewienerten Marmorboden zum Ausgang.

Mich ließ man schnöderweise noch eine Viertelstunde warten. Dann kam der Page zurück und forderte mich auf, ihm zu folgen. Er führte mich in einen Seitentrakt des ehemaligen Schlosses, öffnete dort eine Tür und ließ mich in eine herrliche Bibliothek eintreten. An allen Wänden, in maßgeschreinerten Regalen und verglasten Schränken Bücher, dicke Bücher, dünne Bücher, große Bücher, kleine Bücher, zwei alte Schreibtische, die sich unter der Last gestapelter Bücher bogen, Leselampen mit grünen Schirmen, Bücherstapel in allen Ecken und Winkeln. Mir war, als wäre der ganze Raum ein Buch, zu dem mir Einlass gewährt wurde.

An der Stirnwand protzte ein gewaltiger Marmorkamin, davor eine Sitzgruppe, Sessel und Sofa mit Leder bezogen. Auf dem Sofa saß Aurelie Meier, die jetzt Aurelie von Lindenhof hieß und die ich noch vor Kurzem für die schönste Frau des Universums gehalten hatte, und sah mir entgegen. Ihr etwas gezwungenes Lächeln hätte man in längst vergangenen Zeiten wahrscheinlich huldvoll genannt. Auf dem Sessel links von ihr saß ihr frisch angetrauter Gatte Leonard von Lindenhof, den ich als Leo alias Wyatt kennengelernt hatte. Auf dem Sessel rechts von Aurelie saß Guido alias Billy, dessen Double ich für eine Weile gewesen war, wobei ich immer noch nicht den leisesten Schimmer hatte, warum, wieso, weshalb.

Wie auf Kommando erhoben sich die drei. Leo drückte mir die Hand und klopfte mir auf die Schulter. War die Geste anerkennend gemeint? Kumpelhaft? Oder tröstend? Guido grinste breit und umarmte mich. Das war ein etwas irritierendes Gefühl, war es doch die Umarmung desjenigen, dessen Identität ich für eine Weile unfreiwillig angenommen hatte. Das Original umarmte die Fälschung. Aurelie lächelte immer noch sehr hübsch und deutete einen trockenen Wangenkuss an. Hätte es noch einen allerletzten Rest von Verliebtheit in mir gegeben, wäre der im kalten Hauch dieses Kusses erfroren.

Doch wo, bitte sehr, steckte Natalie? Musste sie etwa noch immer als Aschenputtel buckeln? Fremde Betten machen, Nasszellen putzen, Mülleimer leeren? Linsen lesen? Die guten ins Töpfchen, die schlechten ---

»Setzen wir uns doch«, unterbrach Leo meine Märchenseligkeit. Diesmal nahm er neben Aurelie auf dem Sofa Platz, und da thronten sie dann als Prinz und Prinzessin. Mir wies man den Sessel an.

Auf einem Beistelltischchen standen ein Flaschenkühler und Champagnerkelche. Guido schenkte ein, reichte die Gläser herum.

»Auf unser Wiedersehen«, sagte Leo. Wir stießen an. »Weil im Augenblick nicht genügend Zeit ist«, fuhr er fort und fixierte mich dabei, »um jedes Detail zu klären und alle Rätsel des hinter uns liegenden Abenteuers zu lösen, tu uns bitte den Gefallen und wundere dich in möglichst hohem Tempo über das, was wir dir zu erzählen haben. Romane hast du ja vielleicht schon einige gelesen, aber jetzt hast du sogar in einem mitgespielt.«

»Oder in einem Liebesfilm«, hauchte Guido kokett und zwinkerte mir zu.

Leo trank noch einen Schluck Champagner, räusperte sich. »Also dann: Nach dem frühen Tod meiner Eltern habe ich das Schlosshotel Lindenhof geerbt. Meine Eltern wussten natürlich um meine, wie soll ich sagen ---«

»Neigungen«, schlug Guido vor.

Leo grinste. »Ganz recht, Neigungen und Vorlieben. Und die missbilligten meine Eltern aufs Schärfste. Deshalb enthielt das Testament die Klausel, dass ich das Erbe nur unter der Bedingung antreten durfte, dass ich heiraten würde. Und zwar, nun ja, eine Frau.«

»Pffff«, machte Guido wie angeekelt.

»Als Testamentsvollstreckerin und Treuhänderin wurde die Schwester meines Vaters eingesetzt, meine Tante Lieselotte.«

»Etwa diese ---, ich meine, die Gräfin?«, fragte ich.

»Genau die«, sagte Leo. »Josephina Carlotta Gräfin von Lindenhof. Ausgerechnet ---«

»Eine übergewichtige, intrigante, mannstolle Zimtzicke«, ätzte Guido. »Immerhin haben wir es ihr zu verdanken, dass du ins Spiel gekommen bist.«

Leo nickte. »So ist es. Um an mein Erbe zu kommen, planten wir seit längerer Zeit eine Scheinhochzeit. Und meine liebe Freundin Aurelie, die ich schon seit Jahren kenne, weil unsere Familien befreundet waren, hat sich bereit erklärt, bei dieser Posse mitzuspielen und mich zu heiraten.«

»Aber nur pro forma«, schnappte Guido, »vorübergehend«, und zog die Augenbrauen hoch.

»Ja doch«, sagte Leo, »vorübergehend, keine Bange, versteht sich doch wohl von selbst.« Dabei hob er sein Glas und nickte Aurelie zu.

»Das war von vorneherein so ausgemacht«, sagte sie, als müsse sie sich bei mir entschuldigen. »Die einvernehmliche Scheidung haben wir bereits eingereicht. Etwas anderes hätte sich Friedrich auch auf keinen Fall bieten lassen.«

»Friedrich?«, fragte ich. »Wer ist denn jetzt Friedrich?« Der ganze Kasus war offenbar noch viel komplizierter.

Aurelie errötete zart und lächelte versonnen, aber das galt nicht mir. »Friedrich«, sagte sie, »ist mein Freund.«

»Früher hätte man wohl Verlobter dazu gesagt«, präzisierte Leo.

»Ach ---, ach was«, sagte ich etwas dümmlich, spürte jedoch zugleich, dass die Erwähnung eines Freunds, Verlobten, Geliebten – oder wie auch immer man so eine Person nennen wollte – mich endgültig von Aurelie befreite.

»Spielt dein ---, ich meine, spielt Friedrich womöglich Cello?«, hakte ich nach, um einen bitteren alten Verdacht zur Gewissheit zu zwingen.

»Allerdings«, sagte Aurelie. »Er ist Cellist im Theaterorchester. Warum fragst du?«

»Ach, nur so«, sagte ich noch dümmlicher. Ich hätte es mir fast schon denken können.

»Wie dem auch sei«, ergriff nun wieder Leo das Wort. »Die Hochzeit sollte jedenfalls auf Wunsch meiner Tante in Rom stattfinden. Dagegen war auch nichts einzuwenden. Rom ist ja eine wundervolle Stadt und allemal die Reise wert. Guido und ich sind mit den Motorrädern gefahren, und zwar unter dem sehr laut und überdeutlich geäußerten Motto Junggesellenabschied. Die Gräfin blieb natürlich misstrauisch und hat ein Detektivbüro auf uns angesetzt. Diese Typen haben sich aber derart dumm und plump angestellt, dass wir sofort Bescheid wussten. Und um zu beweisen, dass Guido und ich uns während dieser Fahrt endgültig verkracht und auf ewig getrennt haben, haben wir dann in der Pension den albernen Theaterdonner auf dem Balkon aufgeführt.«

»Dann war diese dürre rotblonde Gestalt in der Pension also ---«

»Ganz genau«, sagte Guido. »Der Vollidiot gehörte zum Detektivbüro. Und dass du uns zwischendurch über den Weg gelaufen bist, war natürlich purer Zufall und zugleich ein sagenhafter Glücksfall. Wir haben dich zu meinem Alter Ego gemacht und zu Leos altem Freund Sebastian in die Villa Maria Ioana gelotst, und zwar so demonstrativ und auffällig wie möglich, um die Gräfin zu überzeugen. Marco, der ahnungslose Chauffeur, konnte dann jedenfalls sehr glaubwürdig versichern, dass er mich beziehungsweise dich als einen Signore Guido in der Villa abgeliefert hatte.«

»Verstehe«, sagte ich. Langsam lichtete sich der Nebel, aber so ganz klar war die Sicht immer noch nicht. »Was hast du denn gemacht, während ich dich vertreten habe?«, fragte ich.

Guido grinste. »Ich bin Italiener, jedenfalls zur Hälfte. Mein Vater ist Deutscher, meine Mutter Italienerin. Und was macht ein italienischer Junge, wenn er in der großen, weiten Welt Probleme bekommt? Er geht heim zu seiner Mama, lässt sich dort trösten und verwöhnen, bis die Welt wieder heil ist. Während du in der Villa Maria Ioana vermutlich ein paar sehr angenehme Tage verbracht hast, hat meine Mama mich bekocht.«

»Und Aurelie und ich haben in Rom geheiratet, unter den strengen Blicken der Gräfin«, sagte Leo. »Sie hat zwar geahnt, dass wir da eine Farce aufgeführt haben, aber was sollte sie dagegen machen?«

»Außer Zähneknirschen«, sagte Guido.

Leo lachte. »Jedenfalls wollten wir dich nach der Hochzeit treffen, dir alles erklären und uns bei dir bedanken. Dann musste ich aber wegen einer geschäftlichen Angelegenheit plötzlich aus Rom abreisen, viel früher als geplant. Aber jetzt sitzen wir hier endlich beisammen und erklären dir alles und danken dir, dass du in dieser Komödie mitgespielt hast.«

»Ich ---«, stammelte ich, »ich hatte ja überhaupt keine Ahnung ---«

»Eben drum«, sagte Leo. »Deshalb warst du genau der Richtige für den Job.«

»Verstehe«, murmelte ich, »verstehe, verstehe ---«

Abgesehen davon, dass ich für ein paar schöne Tage in der Villa den Guido gemimt hatte, hatte ich die ganze Zeit nichts anderes getan, als einfach nur da zu sein. Ein Traumjob. Ein wahr gewordenes Märchen. Aber wo war meine Traumfrau? Meine Märchenfee? Wo war Natalie?

»Ach, und übrigens«, sagte Aurelie, als liefe mir meine Frage in rosaroter Leuchtschrift über die Stirn, »bevor ich es vergesse. Natalie musste noch etwas besorgen. Sie kommt später.«

Und so machte ich dann in Erwartung dieses verheißungsvollen »später« einen Spaziergang durch den Park. The Students saßen auf dem Steg des Schlossteichs, hatten sich die Schuhe ausgezogen, ließen die Beine ins Wasser baumeln und einen Joint kreisen.

»Voll geil hier«, befand Ecki.

»Alles so schön bunt«, meinte Didi.

»Wollt ich auch grad sagen«, sagte Rolli.

Ich schlenderte weiter zum Gärtnerhaus, vorbei am Rosenspalier, die Blüten noch immer in voller

Pracht, umschwärmt von nimmermüden Bienen, umschwirrt von Schmetterlingen mit ihren unfassbar prächtigen Mustern und Farben, die Blüten der Winden am Giebel des Gärtnerhauses immer noch so blau, ach, so blau. Auf dem Terrassentisch standen der Obstteller, die Weinflasche, die Wasserkaraffe und die beiden Gläser. Stand das alles immer noch da? Oder wieder? War die Reise, von der ich zurückkehrte, nur eine Halluzination gewesen, eine Psilocybin-Fantasie, ausgelöst durch die Narrischen Schwammerln? Fiel ich nur von einem Traum in den nächsten? Oder erwachte ich gerade erst? Wann und wo war das Gestern? Wo und wann das Heute? Jetzt in jedem Augenblick. Die Früchte dufteten immer noch wie Früchte. Ich trank ein Glas Wasser. Es schmeckte immer noch wie Wasser. Frisch, kühl und klar.

Die Tür des Gärtnerhauses öffnete sich. Märchenhaft schön und traumhaft lebendig kam Natalie auf die Terrasse, fiel mir um den Hals. Und gab mir ein Gedicht von einem Kuss!

»Wo warst du bloß die ganze Zeit?«

»Hier«, flüsterte sie. »Ich habe auf dich gewartet.«

Nur in Romanen und Filmen geht immer alles gut aus, weil die Geschichten dort nicht der Willkür und den Zufällen des wirklichen Lebens unterworfen sind, sondern so enden, wie sie enden sollen. Das muss zwar nicht immer ein Happy End sein, aber in meinem Fall war es so, weil es auch schon bei Eichendorff so gewesen war. Und schöner als mit den letzten Worten seines unverwüstlichen Taugenichts kann man es ja auch gar nicht sagen, lauten sie doch:

– und es war alles, alles gut!

COPYRIGHT-VERZEICHNIS

GOING UP THE COUNTRY
Musik und Text: Alan Wilson

LUCY IN THE SKY WITH DIAMONDS
Musik und Text: John Lennon, Paul McCartney

LOVE THE ONE YOU'RE WITH
Musik und Text: Stephen A. Stills

AZZURRO
Musik: Paolo Conte. Text: Vito Pallavicini

ROAD TO NOWHERE
Musik und Text: David Byrne

Mit freundlicher Unterstützung/Courtesy of Neue Welt Musikverlag GmbH

WHEN I PAINT MY MASTERPIECE
Musik und Text: Bob Dylan

Mit freundlicher Genehmigung der Sony Music Publishing (Germany) GmbH

BALLAD OF EASY RIDER
Musik und Text: James Roger McGuinn

Mit freundlicher Genehmigung der EMI Music Publishing Germany GmbH

Aus Verantwortung für die Umwelt hat sich der *Verlag Kiepenheuer & Witsch* zu einer nachhaltigen Buchproduktion verpflichtet. Der bewusste Umgang mit unseren Ressourcen, der Schutz unseres Klimas und der Natur gehören zu unseren obersten Unternehmenszielen. Gemeinsam mit unseren Partnern und Lieferanten setzen wir uns für eine klimaneutrale Buchproduktion ein, die den Erwerb von Klimazertifikaten zur Kompensation des CO_2-Ausstoßes einschließt.

Weitere Informationen finden Sie unter *www.klimaneutralerverlag.de*

1. Auflage 2022

Covergestaltung: Barbara Thoben, Köln
Covermotiv: © plainpicture / robertharding / ProCip
Gesetzt aus der Adobe Garamond Pro
Satz: Buch-Werkstatt GmbH, Bad Aibling
Druck und Bindung: GGP Media GmbH, Pößneck
ISBN 978-3-462-00355-0

Eine Chronique scandaleuse Worpswedes: Die legendäre Künstlerkolonie um 1900, erotische Verwicklungen und ein epochales Gemälde. Dieser Roman erzählt von der dramatischen Entstehung des berühmtesten Worpsweder Bildes, von der fragilen Freundschaft zwischen dem Maler Heinrich Vogeler und dem Dichter Rainer Maria Rilke, von den Frauen, der Liebe und der Kunst.

»Dieser Roman öffnet dem Leser die Augen und Ohren für die Wahrheiten von Kunst und Leben.« *Denis Scheck, Druckfrisch*

Sommer 1901 am Starnberger See: Lovis Corinth porträtiert Eduard Graf von Keyserling, Schriftsteller und Dandy aus baltischem Adel, den seine geheimnisumwitterte Vergangenheit einholt, als unvermutet eine durchreisende Sängerin erscheint. Ein Roman voller Witz, Ironie und Verve über Liebe und Leidenschaft, Verrat und Lüge – und über die Wahrheit von Literatur und Kunst.

Nach dem Bestseller »Konzert ohne Dichter« der neue große Künstlerroman von Klaus Modick

Unverzichtbar für alle Leser der Bestseller »Konzert ohne Dichter« und »Das Grau der Karolinen«: Klaus Modick liefert ausführliche und erhellende Entstehungsberichte zu seinen erfolgreichsten Romanen und bietet faszinierende Einblicke in seine Arbeit an und mit der Literatur.

»Die Essays sind Spitzenstücke der literarischen Wiederbelebung.« *Gerd Haffmans, Die Woche*

Klaus Modick erzählt von der rätselhaften Geschichte und unheimlichen Macht eines Gemäldes. Zwei rote Doppeldeckerflugzeuge auf grauem Grund werfen den Hamburger Werbegrafiker Michael Jessen völlig aus der Bahn und treiben ihn auf eine abenteuerliche Odyssee bis in die Südsee.

»Eine Geschichte, die spannend ist und noch spannender wird. Ein großer und schöner Roman.« *NDR*

Leseproben und mehr unter www.kiwi-verlag.de

Ein faszinierendes Stück »Nature Writing« über unsere von Sehnsucht und Missverständnissen geprägte Verbindung zur Natur. Als Lukas Ohlburg begreift, dass er nicht mehr lange leben wird, zieht sich der emeritierte Biologieprofessor in das Landhaus seiner Familie zurück. Hier will er seine letzten Tage verbringen, sich Erinnerungen und Träumen hingeben und vor allem noch einmal die Nähe der Natur spüren.

»Klaus Modicks anspielungsreiche, ironisch erzählte Urlaubsgeschichte hat manches von dem Witz und dem Charme und der Leichtigkeit Tucholskys.«
Süddeutsche Zeitung.

Alles scheint gut und wohlgeordnet im Leben von Kurt – ein schönes Haus, eine liebe Frau, eine hübsche Tochter. Doch als die siebzehnjährige Marie sichtlich verliebt aus dem Ferienlager zurückkommt, trübt nicht nur väterliche Eifersucht die letzten Sommertage.

Um 1968 tingeln Lukas und Harry als Zwei-Mann-Band durch die deutsche Provinz, covern Beatles, Kinks und Donovan, und denken: Besser geht's nicht. Bis Lukas eines Nachts im Radio Leonard Cohens »Suzanne« hört, aber sich weder Titel noch Interpret merken kann.

»Eine mit Anmut erzählte, anrührende Geschichte – ein ironisches Weihnachtsmärchen«
FAZ